U0841058

缘起之旅

佛祖有云，万法缘生，皆系缘分。不经意的一瞥，可能就注定了一生的缘分，于人是，于物也如是。

一个偶然的契机，一张充盈着雪域佛光的照片呈现在我眼前，它犹如一道圣迹，瞬间融化我那被冰雪包裹着的内心，冥冥中有道晶莹而神圣的声音在远方的天空轻轻拨动我的心弦，发出佛偈的呢喃，声声召唤着我。没有周密的计划，我背上行囊，架上相机，就这样踏上了远方。我有预感，所有的美好都将从此刻开始，与我不期而遇。

旅程第一天，我们从兰州驱车通往夏河，城市的喧嚣逐渐成为背影，呈现在我眼前的，是满溢在空气中的自由的味道——广阔的若尔盖草原，常年被积雪覆盖的雀儿山，庄严肃穆的郎木寺……一切对我来说都是那样新奇。然而，追寻美好的路上总会有坎坷，随着越野车行驶的海拔越来越高，毫无准备的我开始出现高原反应，头晕、恶心、头痛如洪水般吞没了我……我的内心开始为自己的冲动懊悔，担忧自己是否能坚持下去……万幸，我咬牙坚持了下来，

同行的伙伴也给予我关怀，让我充满勇气，才为后续遇见那么多惊喜创造了可能。

瓦切塔林：壮观的经幡，虔诚的信仰

第一站的惊喜来自路过的一个叫瓦切的地方。那是一个阴天，越野车在阿坝州红原县的道路上行驶，一座座耸立的白塔就这样骤然出现于眼前。阴沉的天空下，大片彩色的经幡被风吹得猎猎作响，在白塔的上方诉说着自己的故事，让每一个过客都感受到庄严和肃穆。我们不由得停了车，想走进这个神秘的地方，感知这些饱经沧桑的经幡与白塔的故事。

当地人说这个地方叫瓦切塔林，是淳朴的瓦切佛教徒为纪念十世班禅大师而营建。据传，十世班禅大师在 1982 年与 1986 年先后两次到此为信教群众传经说法，而当地教徒则在班禅大师的宝座上建立了珍贵的灵塔与 108 座大小不等的白塔。108 这个数字也别有深意，佛教教义认为佛法可以消除人的 108 种烦恼，因此佛教建筑多与 108 相关。白塔塔身内供有千手观音像、释迦牟尼佛像、无量佛像和唐卡经文，组成了占地 30 多亩的藏传佛教圣地，成为当地人民最虔诚的信仰标志。

走进瓦切塔林，近距离感受到蓝、白、红、绿、黄五色飘扬的经幡新旧交织，褪色的经幡上满是岁月留下的痕迹，犹如一代代瓦切人民执着的守候。行云流水般的藏文依稀可辨，仿佛诉说着古老的虔诚，寄托着瓦切人民祈求福运昌隆的美好愿望。彩色的经幡上留下朱砂书写的经文，与白色的经塔交相辉映，散发出圣洁的光芒。

这种光芒感染着每一位瓦切教徒，他们始终保持着虔诚的微笑，似洞察人生之后的大彻大悟，也有看淡世间凡尘之后的淡然超脱，享受着世上最幸福的事情。原来幸福与快乐可以如此简单，我若有所思。

《一切如来心秘密全身舍利宝箧印陀罗尼经》云："乃至应堕阿鼻地狱者道，若于此塔一礼拜、一转绕，彼等皆能得以解脱。"正是因为瓦切人民有虔诚的信仰，转塔也被他们履行得神圣而庄严——从右至左，绕圈三匝，口中念念有词。除了转塔，转经、制幡、制作塔刹也是瓦切人生活中不可或缺的一部分。心中有皈依，所以在做这些平凡不过的事时，也能看到他们眼里的光。

马尔康：火苗旺盛的地方

越野车继续在高原上行驶，来到了马尔康市西索藏族民居。马尔康在藏语中意为"火苗旺盛的地方"，蕴含着人们对兴旺发达的美好生活的期望。和它的名字一样，这里的人们同样热情、淳朴善良，第二站的惊喜便从这里开启。

到达住处时已然是下午四点多钟，天空还飘着绵绵细雨，所有建筑像笼罩着一层细纱，朦胧且温柔。经过一路的颠簸，我们早已饥肠辘辘，贴心的老阿妈已经为我们准备了可口的饭菜，普通的家常菜愣是被我们吃出大餐的感觉。

美美地饱餐一顿之后，大家便开始自由活动，讨论着一路的风

景与见闻。晚上，热情的路大伯拿出了当地正宗的青稞酒，邀请大家共同举杯，我被这样的热闹氛围所感染，不擅长喝酒的我也举起酒杯。一杯下去，酸辣的口感在舌上蔓延开来，紧接着就生出绵密的醇香。看着同行的这一群人，我内心感慨良多，也感谢自己的好运，能遇见这么多善良有趣的摄友——高反时递给我红景天的赵老师，永远冲在前面照顾队友的飞狐和老张哥，性格开朗的英国小美女……感谢这群人，给我的旅途又增添了一抹亮色。当地的路大伯与为我们准备饭菜的老阿妈也永远对我们充满笑意。在美丽的景色里，一群善良的人让我在绵延的细雨中感受到阵阵温暖。

夜色下，我们聚在一起，细数旅途中那些难忘的经历，共同分享摄影时的乐趣。赵老师贪杯，喝了整整一壶青稞酒，但这并不影响他聪明、灵活的大脑，他依旧口齿清晰地为我们分享了他多年的摄影心得与知识，使我受益匪浅；英国小美女以英国最高礼仪送给队友“骆驼”一个感谢之吻，直到聚会结束，“骆驼”脸上的红霞还依稀可辨；路大伯的女儿活泼好动，邀请我们一起跳当地有名的锅庄舞，趁着酒兴，我们一起在醉人的月色下跳着，笑着，一双双牵起的手与舞动的身影，串成了一系列难忘的回忆……

第二天一早，我被晨光唤醒，准备出门拍摄马尔康的风景。第一次知道这个地方，还是因为一部名为《尘埃落定》的电视剧。剧里设置的一个长镜头，让西索民居的模样在我脑海中留下了深刻的印象，这次更不能错过绝佳的摄影机会。早上六点，我便跟随热爱摄影的老张哥与赵老师一起出门。拿着相机，踏在青石板小路上，伴着潺潺的流水声，我们一路来到了卓克基土司官寨门口。一片片

石头堆砌成厚厚的围墙，饱经风霜却透露出一种静谧和安详，若有若无的乐声从里间的窗口飘出，婉转的歌声也随之而来，依稀是藏语的模样，虽不懂词意，但曲调的和弦与温柔的歌声，有一种令人内心平静的力量。

短暂的休息之后，我们即将告别马尔康，踏上新的旅程。老阿妈一如昨日贴心的模样，为我们准备好热乎的青稞烙饼，看着老阿妈布满皱纹的手捧着满满一大包青稞烙饼，我心里一暖。带着马尔康人最淳朴的热情、善良与暖心的记忆，我们乘上越野车，又踏上了新的旅程。

缅怀过往，拥抱希望

在享受旅途带来的身与心的洗礼与磨砺以后，我已经习惯这种在路上追寻真我的方式，无论是文化之旅，还是风景之旅，每一次的出行都让我成长，为我人生路途燃起一束束闪着希望的光芒。

此次的川滇藏之行是思虑良久之后做出的决定，引用老赵在电话中的言语，我属于有“自虐倾向”——明明每次都被高原反应折磨得身心俱疲，却依旧热爱奔赴高原。确实，不知何时，我已经爱上了高原，不仅热爱独属于高原的那一抹美景，更喜欢抓住那种“凤凰涅槃，浴火重生”的感觉，那是一种身与心在历经洗礼后的重生，让生命在历经磨难之后爆发出自己的无穷力量，是生命的张力，是一种新的希望。

我想，这也是设计行程时，我会专程选择经过汶川的原因。因为不只是缅怀曾经惨痛的过往，更想去看看涅槃重生之后的希望和力量。

站在汶川的废墟之前，我思绪万千……2018 年 5 月 12 日，汶川县映秀镇的一所学校挂钟突然从墙上掉落，随之而来的，是房屋的倾倒，也使汶川大多数人的命运发生改变。今天，走进汶川映秀地震遗址，挂钟依然静静地躺在地上，裂缝与废墟依旧触目惊心，这些都被定格——是对逝者的缅怀，也给生者重生的勇气。站在这满目疮痍的废墟前，讲解员的声音带我走进了地震中那一个个令人泪流满面的故事。邻邦尼泊尔也突发地震，此情此景加深了我内心的沉重，于是提笔写下了一首悼念诗，愿逝者永存：

尼泊尔余震仍在继续，
扑面而来的废墟，
把我带进另一种伤痛，
年轻老师的脊梁，
筑造起生命的希望……
悲伤者的哭泣，
今天沉默如斯……
患难者的血液，
滋润了昨日的土壤，
并以另一种姿态，
延续着生命……

难以想象那些遭受过巨大灾难后重生的人们，是如何消解这样一个漫长而痛苦的过程的，相比之下，我几次经历的高反已经不足为道。但我也深深相信，涅槃重生后的他们一定更加充满信心与力量，深刻记得那一份痛苦，也更珍惜痛苦之后的那一抹亮色。冲破

黑暗的第一束光总是最闪亮的，凛冬里盛开的第一株梅总是最香的，逝者以另一种方式永生，生者也将以更好的姿态迎接未知的生活，向上而生。

我鼓足了勇气踏上新的旅途，前方的路必会面对挑战，又或许会有遗憾，但我心中有信仰，眼里有阳光，无数勇敢的汶川人用自强不息的精神鼓舞着我，让我无所畏惧。

离开汶川后，我们一行便驱车前往摄影家的天堂——新都桥，专程扛着长枪短炮的我却与光影完美地擦肩而过，没有留住那些美丽的瞬间，成为我心里的一个遗憾。万幸，惠远寺的一片零落前，我却用摄像机拍出了另一种滋味。身着红袍的小僧侣坐在寺内的木板上，对着镜头露出了质朴的微笑，那是少年独有的纯真。这一瞬间，我心中的喧嚣烦躁骤然停歇，只留下一隅清明与宁静，之前那

些遗憾也宽慰了不少。

人生不如意事十有八九。若事事计较得失，又怎能真正找寻自己的内心，与自己对话呢？静静看着手中的照片，我陷入了沉思。

艰险之后，拥抱彩虹

川滇藏之行依旧继续，下一站，稻城亚丁——一片高原上的美景。随着海拔逐渐升高，再熟悉不过的窒息感扑面而来，我尽量放松身心，不让疲惫的身躯影响自己对绝美风景的感知。在藏族导游的带领下，我们来到了仙乃日雪山脚下，看到了美丽的卓玛拉措，它被称为珍珠海。“仙乃日”意为“观世音菩萨”，可见这座神山在当地人心中的神圣地位。山顶终年积雪，被誉为中国最美的十大名山之一，而卓玛拉措就是山顶雪水融化汇集而成，同样是圣洁的存在。

听导游说，到了卓玛拉措便不能大声喧哗，也不能咳嗽，喧哗吵闹会引起大风大浪。安静凝望着这片珍珠海时，就能够感知到神的存在。这样的传说给这片湖增添了无数神秘色彩。在这样的神秘气氛中，我更期望能近距离、安静地感受卓玛拉措独有的、静谧的神圣，便跟导游说想自己在湖边静坐片刻，小伙子就十分贴心地走开了。此刻，万籁俱寂，湖边只我一人，孤独却不寂寞。马尔克斯说过：“孤独和寂寞是两回事情，在寂寞中我失落，在孤独中我充实。”静静坐在湖边的我内心正充盈着满足之感，双手轻捧着圣湖之水，冰凉沁脾，轻易就抚平我内心的浮躁，使我的气息立刻宽广起来，连天空似乎都变得更加辽远。我的心脏随着高原的节拍有规律地跳动着，连高反都在这样的静谧之中被抛诸脑后，眼前的风景如灵动的画卷一般清晰地印在脑海之中。我想，这就是属于我的充实，也让我更有勇气面对挑战，爬上海拔更高的山，去见一见传说中的牛奶海。

感谢藏族导游要辅助我上山的好意，我依然坚持顶着高反的压力自己爬上山，毕竟只有经历艰辛，才更能珍惜展现在眼前的美景，也更能从这场身体的磨练当中，获得另一种奇妙的充实感。

海拔 4500 米的高山之上，天气晴好，万里无云。和煦的阳光照耀在宁静的水潭上，水面泛起粼粼波光，碧绿得好似镶嵌在雪山上的一块玉石。站在牛奶海边，我一边喘着粗气一边泪流满面，这片潭水是仙乃日雪山上的奇迹，也是挑战自我之后的一种馈赠，让我永生难忘。

告别了令人难忘的亚丁，我们继续出发。此时，我们做了一个大胆却一直都想做的决定——选择了一条 GPS 还未识别的线路通往香格里拉。我不知道一生中随心而行能有几回，但我肯定这一次会给我的回忆留下浓墨重彩的一笔，前路未知，但我们充满期待。

在一条完全没有路标的路上，我们的车跌跌撞撞穿行过狭窄、陡峭的天险路段，跋涉过坑坑洼洼的碎石子路，还被几个大大的急弯绕得晕头转向……但令我印象更深刻的，有险峻山石中的林海，有苍劲挺拔的青山，有叮当浅唱的溪水，以及我们一行人在路途中愉悦的嬉笑。崇山峻岭连绵起伏，我们缓慢行驶，轮胎在破旧的沙石路上留下浅浅的印迹，诉说着我们的故事。我，我们，人与人，情系情，心心相系。路上收获的帮助滋生感动，为我的行程增添了一抹亮色，正如一本书的扉页写道："旅行的意义，不是目的地，而是行走，是我与你，身外事，众生缘，遇见，然后结束，消失，然后永不再返。于是，喜乐圆满，于是，我们的一生，才像一场旅行。"

最接近天堂的地方

——朝圣之旅

我的世界，因为爱，爱世间的一山一水、一草一木，心驰神往；我的脚步，是为觅，寻觅一个生活的真谛而追逐远方；我的孤独，缘起于梦，那个魂牵梦萦八年的离天堂最近的地方——西藏。

西藏，最接近天堂的地方，无论是它的美丽还是它的神圣，都令我深深着迷，纵使不求来生，不念过往，也不信神鬼之说，它依旧令我产生一种难以言表的归属感。似生命轮回之始，万物起源之初，对我发出声声召唤——“西藏，生命轮回的地方，五百年后，我在这里等你”。就这样，我开启了自己的朝圣之路。

为了保持良好的精神状态，坐上飞机之后，我压抑住内心的喜悦，倚在座椅靠背上小憩，迷迷糊糊间听见机舱内发出惊叹声。睁开眼睛，一幅壮丽的景象便闯入我的眼帘——蓝天白云下，云雾缭绕间，皑皑积雪覆盖着群山，银装素裹描摹出层峦壮阔的模样。震撼，惊叹，我终于抑制不住内心的激动，贪婪地欣赏起来——这令我魂牵梦萦的西藏，果然没有让我失望！虽然行李超重了 20 公斤，虽然从零海拔骤然过渡到海拔 3650 米让我的身体开始主动抗议，但这一切在这一瞬间都不足为道。如果再给我一次选择的机会，我依然会毫不犹豫地投入这一片纯粹的美景，感受大自然的鬼斧神工。

推着行李走出机场，“飞狐”和他那辆一尘不染的越野车早已等待在路边，一路从兰州飞驰而来却依旧保持着最干净的状态，飞狐的爱车之心一目了然。到达约定的目的地，我如约和大部队相聚，东姐、“老爷”及拉萨的朋友在餐厅为我接风洗尘，聊天中得知现在是藏历的四月，西藏到处都在庆祝一个节日——“萨嘎达瓦节”。萨嘎达瓦节专门纪念佛祖释迦牟尼诞生、得道、圆寂的经历，全世界佛教徒都会隆重迎接这一节日。藏历四月一整个月，信徒们不杀

生、不吃肉，虔诚朝佛供佛，有的还会转经磕长头。因为据说佛祖释迦牟尼曾言：“此日行一善事，有行万善之功德。”

尽管朝圣之旅还没有开启，我便已经从只言片语中感受到了信仰的力量。万千朝圣的僧众，有的自发转起手里的经筒，有的双手平伸，一步三叩，五体伏地，用身体对浩渺天地表达崇拜，是人类对天地自然的敬畏，以自己全部力量奉献内心的虔诚……

有一种风景，只要仰视它，便会感受到一种强大的震撼力，令人肃然起敬，布达拉宫就是这样的存在。第二日，在我见到它的那一刹那，便发出了这样的赞叹。

布达拉宫依山垒砌，犹如天上宫阙，整座宫殿磅礴大气，充满浓重的民族特色，纯净的白色宫阙环绕着正中的红色宫殿，透露出独坐山巅之上遗世独立的风貌。千年的宫殿依旧富丽堂皇，壁画在历史的浮沉中褪去了浓墨重彩，却依旧显现着精美与辉煌。

穿过千年古墙，来到已有三百年历史的仓央嘉措的寝宫。在参观的人流中放慢步伐，细细寻觅与感受着仓央嘉措曾经生活过的地方，透过房间里的陈设，想象那位有细腻情感的大师，是在怎样的情与景下写出“世间安得双全法，不负如来不负卿”这样饱含深情的诗句。在细细品味之时，我似乎已经忘却了时间与空间的束缚，直到飞狐呼唤才让我意识到自己已然掉队，连忙加快步伐跟上讲解员的脚步。在她的引领下，我们来到了五世达赖金塔面前，宫殿内光线稍暗，衬托得酥油灯更显明亮，摇曳的烛火映照着金塔塔身，精美的雕刻随着烛火的摇曳呈现出灵动的模样。华丽壮美，也神圣非凡。在酥油淡淡的香气中，东姐、“飞狐”和“老爷”虔诚地双手合十，发自内心地膜拜，而我也被这种神圣的氛围感染，熟悉又陌生的感觉令我肃然起敬，那是渺渺众生对浩瀚宇宙的崇敬，是佛光洗礼后的纯净空灵。心里默念六字真言，梵音带着我穿越时空，唤醒沉睡的心灵，展示着洁净无尘的风景。

回酒店的路上我就在想，倘若没有当年文成公主的远嫁，达赖的金塔，仓央嘉措的情诗，现在布达拉宫会是怎样的一番景象呢？或许依旧富丽堂皇，虽然难以抵挡时光的磋磨和岁月的淘洗，依旧会成为无数朝圣者的心之所向吧。

藏在路途中的美景

纪录片《搭车去柏林》里有这么一段话："每天早晨你只知道自己所在的这个地方，绝对不会知道今天晚上会发生什么事情，自己会睡在哪儿，会到达哪个地点。完全是未知的。每天都充满了这种惊喜和愉快，从沮丧到惊喜，经常是一秒钟的事情……这就是在路上的感觉。"正如电影中所说，我们的路途也充满着各种未知，可能有惊喜，也可能有遗憾。

伴随着越野车的轰鸣声，拉萨在我们的视线中渐渐模糊，此刻起，我们踏上的朝圣之路更像是探索自然之旅。沿着雅鲁藏布江河谷一直到曲水大桥，车停在分岔的路口，有经验的"飞狐"决定多绕 90 公里路，翻过甘巴拉山走老路去日喀则，以便能更好地欣赏有圣湖之誉的"羊卓雍措"、美丽的卡若拉冰川和江孜古堡。更美的风景意味着有更陡峭的山路，直行不到百米，我们就遇到一个大大的回形弯，来回 45 度的大弯在"飞狐"的高超驾驶技巧下平稳被甩在身后。逐渐进入深山，窗外的白云与路边的灌木丛显得更加清晰，

翠绿的树枝倒映在清澈的江面上，衬托得雅鲁藏布江的水更加湛蓝。

车依旧缓慢地向山顶前行，山上的植被也开始越来越稀疏，这是海拔在逐渐升高的明显特征，而我也在海拔接近 4000 米的时候开始出现高原反应——呼吸困难，头痛欲裂，和之前走川西线的时候一样难受。但是，沮丧和惊喜总是交叠而来。在我高原反应愈演愈烈时，我们来到了位于海拔 4400 米的“羊卓雍措”边，观赏到这一刻绝美的风景。平静的湖面与澄澈的天空交相辉映，群山层峦叠嶂，交错在如银带一般的湖边，似一幅山水画卷，温柔，空灵，又如飘舞在轻歌曼舞的仙女身上的丝带，带着超凡脱俗的缥缈与融合于天地之间的纯与静，也无怪乎它在藏族人民心目中被视为“神女散落

的绿松石耳坠”。因为高反，我只能半倚在车窗边，用眼睛丈量着每一寸美景，羡慕地望着二位老哥和东姐兴冲冲地跑到湖边掬起冰凉清澈的圣水。这湖水一定与它看上去的一样冰凉、纯净吧，我想。

“羊卓雍措”是藏南最大的鸟类栖息地，也是一个天然鱼库，因得天独厚的高原环境，盛产一种味道鲜美的高原鲤鱼。我们有幸在一家名为“绵羊”的餐厅吃到了这道特殊的美味，皮薄、肉厚、味鲜，果然不负盛名。奈何我的高反依旧没有减轻，只吃了少许便有些反胃，只能对这些高原美味浅尝辄止。不过眼里装下了那么好的风景，置身于如此美丽多变的“羊卓雍措”，我也不觉得有什么遗憾了。

旅途中的美，不仅在风景中体现，更映射在每一位善良的人身

上。一路上，我们遇到了无数善良的人，有与我们热情打招呼的兵哥，即使高原的阳光把他们晒得黝黑，也丝毫不影响他们脸上洋溢着的热情笑容；有朝我们招手的藏族小女孩，小女孩还怯生生地用不大熟练的普通话对我们说“你好”；有善良的藏族同胞为旅途奔波的我们递上一碗地道的酥油茶……走出“绵羊”餐厅的时候，我们遇见了援藏的山东干部，经过东姐的一番沟通，热心的援藏干部邀请我坐上了他们的车，并为我提供了他们随车携带的氧气瓶。吸氧后，我的心跳慢慢平缓，呼吸也渐渐顺畅，随后，援藏干部还将缓解高原反应的药“高原安”赠送给我，让我以备不时之需。明明是刚认识的陌生人，却热络得像相识多年的老友，这让我心生感动，握着援藏干部赠送的药，目送着他们的车辆渐渐远去。我甚至还不知道他的姓名，除了感谢之外，心中更多的是钦佩，钦佩他背井离乡的勇气与决心，钦佩他愿意援藏的无私奉献精神，也钦佩他随时随地透露出的善良与热情。我相信，正因为有这样的援藏干部，才会让西藏这片神圣的土地，开出更美丽的花。

行走阿里

在路上

汪国真写过一首诗，叫《旅行》：“凡是遥远的地方 / 对我们都有一种诱惑 /…… 到远方去 / 熟悉的地方没有景色。”人的一生其实是在不断追寻，生命在出发前已经既定了终点。就像电影《冈仁波齐》里记录的朝圣人，路上无论遇到什么，只要山仍然还在，他们终将会到达。

冈仁波齐位于西藏阿里地区普兰县，海拔 6656 米，比邻喜马拉雅山、昆仑山和喀喇昆仑山这些气势磅礴、举世无双的山脉。它们所在的青藏高原被称为“世界屋脊”。青藏高原还与地球上的南北极相提并论，被称作“地球的第三极”。

从拉萨西行，穿越高原，天蓝得让人心醉，大地空旷而寂美，雪山雄浑得让人渺小。碎石路滩上偶尔盛开着格桑花，坚韧而挺拔。翻飞的经幡仿佛在朝着神山吟诵经文，层层叠叠的玛尼石累积了藏族同胞一生一世的祈福。

高反的加剧让我全身僵冷，面色更加苍白，四肢变得越来越沉重，有种从云端滑落般的失控感，每一次呼吸都仿佛是最后一次。身体默默承受着来自气候和高海拔的压力与挑战，心里暗自担心，害怕自己影响了队友的行程，因为我知道马年转神山对于他们来说有特殊的意义。幸而在医院打了点滴缓解了高反的影响，趁着护士没注意，任性地拎起正在滴注的吊瓶，往车的后视镜上一挂，继续向神山前进。我们必须赶到目的地——阿里地区的普兰县。

马攸桥之夜

伴随着晨光和躲在晨光背后的美丽云朵，越野车离开了日喀则，愉快地向神山出发……

沿着 318 国道西行，过拉芝检查站后转 219 国道，相继翻越嘎拉山（4778 米）、结拉山(4905 米)、索比亚拉山（5078 米）、突击拉山（4972 米）等数个海拔 5000 米左右的垭口。窗外的雪山怀抱着草原，草原上的牧群不多，房屋更少，看上去寂静得只能仰望它头顶的天空。天空倾斜而下，白云悠闲，远处的雪山就构成天地连接处一排白色的拉链。越野车在黑色的公路上蜿蜒前行，海拔越来越高，到达仲巴检查站后，高反的加剧又让我全身僵冷，四肢沉重。飞狐看着我苍白的脸摇摇头说："还是到医院打吊针吧！"藏族聚居区的医院很简陋，扑面而来的是混合着各种味道的空气，让我在短暂窒息之后又倒胃般呕吐。为了不耽误赶路的时间，飞狐直接帮我把吊瓶挂在了车厢里，打着点滴的我跟着车继续前行。

老爷问我："你这样冒险来阿里，不怕死吗？"我回答："不来阿里就不会死吗？死并不可怕，可怕的是让自己的一生在碌碌无为中虚度。人必有一死，而我要让自己的生命充满意义。”车厢里忽然变得很安静，我想他们可能是在对“死亡”的问题进行自我评估吧。

原本打算连夜赶往塔钦。到达马攸桥边境检查站时，已经是零点十分，武警战士告诉我们距塔钦还有 400 多公里行程，工作人员透过车窗看着病恹恹的我，建议我们暂且休息，最后我们决定在马攸桥边境检查站休整。

马攸桥边境检查站斜前方有家简陋的客栈。说是客栈，其实就是三间土盖的瓦房。我们要了最大的一间大通铺，因为最大的房间才有供暖。带着一路的风尘走进屋里，房间横竖挤着四张小床，中间放着一只铁皮牛粪炉，原始的供暖方式温暖着整个房间。我们四人同处一室，第一次男女同室感到有点尴尬，还好提前准备了睡袋，顾不及洗漱，蓬头垢面地钻进了睡袋。比较难以忍受的是房间没有厕所，老板还特地叮嘱，晚上不能外出上洗手间，因为会有狼出没。

屋外有风的呼啸，夹杂着狼的嚎叫，室内是起伏的鼾声。严重的高反让我感觉仿佛走到生命的尽头，不敢让自己睡觉，害怕自己会死在漆黑的夜里。或许就像朴树在《冈仁波齐》主题曲最后一句歌词所唱的那样：“只有奄奄一息过，那个真正的我，他才能够诞生。”所以，就在生命垂危那一刻，我突然间找到了真正的自己。

神山冈仁波齐

严重的高原反应让我的生命差点结束在马攸桥的夜晚。庆幸的是，强烈的意志也让我熬过了那个痛苦的黑夜，高原反应渐渐离我远去。

经过几天的跋涉，我们进入了阿里地区的普兰县境，冈仁波齐神山屹立在不远处，金字塔形状，顶端覆盖着万年冰雪。

冈仁波齐神山是冈底斯山脉的主峰，它的盛誉是世界级的，因为它同时被印度教、藏传佛教、西藏原生的苯教、印度耆那教认定为世界的中心，也因为它的险峻及浓厚的宗教色彩，至今仍然是不可攀登的处女峰。

2014 年是藏历马年，是释迦牟尼诞生的本命年。传说这一年冈仁波齐汇聚了诸神，此时转山 1 圈相当于其他年份的 13 圈。弯道超车的机会，当然不能错过，转神山是我们此行的目的。所谓转山，顾名思义，就是徒步绕着山转圈，可以转 1 圈或多圈。这种习俗起源于苯教，后来被藏传佛教吸收，成为一种盛行于藏地的修行仪轨。

电影《冈仁波齐》讲述的正是藏历马年转神山的故事。影片中还原了千百年来无数人不远万里，跋山涉水、历经磨难，三步一拜，用身体丈量冈仁波齐，即使死在朝圣的路上，也视为一种圆满。然而，对于高原反应严重的我来说，在平均海拔5000米的地方转山，海拔每升高100米，气温会下降近0.6℃，气压降低近1000帕，高反的痛苦会成倍数增加，那是用生命在行走，每走一步，都仿佛在走向绝望，崩溃与放弃的念头不停地阻挠着我前行。

我努力爬上一个小坡。站在坡顶，寒风呼啸而过，乱石在颤抖，像野兽嘶吼。忽然变天了，气温急速下降，一股股冷空气钻进我的肺里，来回翻腾，我的身体如坠冰窖。我不停地大口倒着气，心脏“怦怦”敲打着肋骨。高反和极度寒冷令我的偏头疼发作，脑子像被针扎刀绞，眼前金星直冒。在头灯的微光下，雪花漫天飞舞，气息

在光柱上惨白如纸。同伴们也不知道去了哪里，只剩下我和老爷两个人，黑暗中下山的路看不清，前方遇到有一米宽的冰裂，老爷回头看着我说：“我先跳过去，如果万一……你继续往前走，不要管我。”老爷说话的时候，我的眼泪在眼眶的边缘徘徊，一场生与死的博弈，无法回头，为了活着，我只能在渺茫中坚持向前行走。老爷安全跳过了冰裂，轮到我时，心里不停鼓励自己，只有跨过死的边缘，才能迎来生的希望。我突然恢复了力气，左脚、右脚、左脚、右脚……人在看到希望时会不由自主地迸发出神奇的力量，我以人生最好的跳远成绩跨过了冰裂。

也不知走了多久，终于远远地看到了几盏灯火，困倦、疲意和寒冷又一次干扰着我的步伐，意志几乎完全崩溃，这次真的走不动了。我们呼叫了援救车，在荒山野岭中看到远处的车灯，如同在惊涛骇浪、苍茫无垠的大海上看到灯塔一样，充满着兴奋和希望。坐在回塔钦酒店的车上，远望着巍峨的冈仁波齐，心里有些困惑，我这么执着地想去转山、计划去登珠峰，是为了什么？这些山是很美，魅力无限，但它的美、它的魅力真能大到让我用生命去冒险吗？是的，什么都没有！人生如逆旅，常会遇到艰难险阻，唯有坚持，才会成功。坚持一次，就能改变一次人生；坚持无数次，就能改变整个人生。如果这样想，又好像什么都有了。转山，其实就是修行，它和信仰无关，只和人生态度有关！转山，就是战胜自己，仅此而已！

韩国的温婉

自从随心而行地开启了一场雪域之旅后，我便爱上了旅行，爱上这种充满未知惊喜的感觉。我喜欢融入当地，感受不一样的人文风情与别样的生活方式，在出走的短暂过程中找到另外一个自己，在时光的缝隙中与另一个自己进行身与心的交流。

这次我选择旅行的目的地是韩国，一个将时尚与古典融合于一体的国家，它犹如一个身着韩服翩翩起舞的女子，在洋溢着热情活力的同时又散发出古典温婉的气息，令我着迷。预订好机票与酒店，我就踏上了韩国之旅。

走在韩国的大街上，感受另外一个国度不一样的语言、文化、饮食和生活习惯，一切对于我来说都是新鲜的。街道两旁，各式各样的店铺鳞次栉比，时尚的气息扑面而来。路过一家帽子店时，我立刻被它潮流又个性的设计、精致的做工与时尚的装潢吸引，不由自主地走了进去。这是一家在韩国本地特别有名的帽子店，所有款式皆由著名设计师 Shirley Chun 亲自操刀设计，做工精美，紧跟时尚却又不落俗套，每一顶都像被注入了灵魂，呈现出不同的风格与特色，静静地等待着与它灵魂契合的主人。我在满目的琳琅中一眼就相中了独属于我的那一顶，就像是为我量身定制一样，合适的尺寸，相衬的风格，一顶简单的黑色贝雷帽，让我整个人都散发出不一样的气质，让我庆幸自己没有错过这样一家精致的小店。

离开充满时尚气息的江南区，我又转战来到古色古香的北村韩屋，体验韩国的复古生活。出行前预订了韩屋民宿，全身心体验旧时韩国人居住的传统屋舍。细碎的白沙温柔地铺满了小院，门前空间种植松树做装饰，“石”与“松”的搭配，延续了中华文化古典园林的元素，瞬间给喧嚣的城市赋予静谧、岁月静好之感。进入屋中，韩国传统文化的气息扑面而来，房间不高且狭窄，没有天花吊顶，屋内地面的建筑都是抬高的，为了冬季烧火供暖。

在民宿附近一家小店解决午饭。店主是一位勤劳的中年男人，一进店便对我报以善意的微笑，服务也十分贴心到位，不仅为我耐心介绍着小店的特色菜，还在我疯狂地给每一道美食拍照时主动提出为我拍照，不禁令人心生好感。韩国是一个在食物上以大酱、泡菜、石锅拌饭而出名的国家，来到传统小店，我自然也想尝尝当地的味道。要了传统韩式套餐，一共 20 款地道菜，色香味入口的那一瞬间，酸辣甜的滋味侵入唇齿，酱菜脆爽的口感在舌尖流连，一解艳阳天的酷热，我瞬间被美食的魅力折服。

翌日清晨，独行在首尔的街道上，伴着晨光，在陌生国度感受内心的宁静。从地铁口出来，我走进一家小店，选了靠窗的位置坐下，要了一份面包，一杯咖啡，在卡布奇诺浓香的氤氲中，我的目光随意地在窗外形形色色的人群中穿梭，有夹着公文包行色匆匆的男士，从他打电话的神态中我看出了他的焦急；有年过半百依旧打扮精致的妇人，步履缓慢优雅，可见平日里也是一丝不苟的风格；还有三两结对，背着书包、穿着校服满面笑容的学生，似乎在聊学校中发生的趣事……我从一张张穿梭而过的面孔中探寻着他们的故事，有趣而新鲜，每一个目光与我相触的人都会对我报以笑意。

不知不觉，来韩国已六七日了，开启过暴走、打卡的游客模式，也混进人群，体验了一把当地人的生活。不知怎的，我开始莫名想家。可能是向我问路的韩国小哥用蹩脚的中文善意地对我说的那一句“你好”引发的，也可能是遇到的马来西亚华裔用汉语与我交流并表示“在异国他乡能听到母语特别亲切”，也有可能是热心的韩国大妈送给我们的当地小吃却难以接受它的味道…… 由此更想念家里的饭菜。总之，突然间，归家的心情变得十分热切。

走在枫叶成林的小路上，我明白了旅行的另一番意义。旅行不是逃避，也不是为了打卡网红地、拍美美的照片，而是为了与自己对话，通过行走，了解另一个地方的人文、自然，认清自己究竟有多爱那个平时最容易被忽略的家。特别是在异国他乡，一个中国人，一句中国话，就能轻易勾起自己的离愁。这就是旅行的最大意义吧。

特别的跨年饭

深圳是一座高速运转的城市，经济发达的背后，离不开一个个为生活努力奔波的人，我也是其中一员。奔波在城市的喧嚣之中，久了，就会产生一种疲惫感。某天晚上，一如往常，我拖着疲惫的身躯下班回到家，机械地任由身体陷进沙发里，随手拿起手机打开了微信，一张大海的照片映入眼帘，深蓝色的大海充满着神秘的气息，笨拙的海龟惬意地在海水里舒展着四肢。没有城市的喧闹，没有快节奏带来的疲惫，晶莹剔透的水世界散发出自由的耀眼光芒。它深深地吸引着我，让我心生向往。

后来才知道，这颗散落在海上的明珠，叫作诗巴丹岛。

念念不忘，必有回响。就是在这样的机缘巧合下，一张照片让我花费半年时间来细细筹划一场海上明珠之旅——与闺蜜和她的家人结伴同行，感受我们日常生活之外的世界。因为诗巴丹岛无法直达，我们计划从深圳飞到吉隆坡，在吉隆坡休整以后搭车去仙本那，最后乘快艇到达诗巴丹岛。

2013 年阴历的最后一天，怀揣着激动的心情，我们踏上了这次计划了半年的旅程。虽然已经做好了详尽的攻略，但终归是第一次带女儿远行，心里总是萌生计划赶不上变化的忐忑感。经过 3 小时的飞行，我们抵达马来西亚吉隆坡机场。一走出机舱，热浪扑面而来，让我们感受到了马来西亚的热情，33℃的气温催促我们速速褪去冬装，换上了短袖。我和女儿穿的是黄色的亲子装，鲜艳的色调映衬着海岛风情，显得活力十足，也为这次旅行增添了满满的仪式感。

和以往的独行不同，此次旅程多了一个活泼可爱的旅伴。在去酒店的大巴上，第一次出国的女儿简直成了十万个为什么——“妈妈，为什么这里的房子跟我们的不一样？”“为什么深圳是冬天而这里是夏天？”“为什么他们说英语而不是汉语呢？”没想到女儿小小的脑袋瓜里装着这么多未知与好奇，我的每一次解答都会换来她更多的提问，从她望着窗外那充满求知欲的眼神中，我读出了她的兴奋与好奇，这让我内心的忐忑平复了许多，也相信带她出远门是一个正确的决定。相信在这趟旅程中，女儿也会以她独特的视角，收获很多不一样的乐趣与阅历。

去酒店的途中，因为语言不通无奈被“卖猪仔”，多花了一点钱，但好歹顺利到达了酒店。放下行李后，我们便迫不及待地出门去感受马来西亚的人文与美食。

穿梭在吉隆坡的大街上，感受着这座热带城市与众不同的文化，个性张扬的涂鸦装点着街头巷尾。新年即将到来，处处洋溢着欢乐

的气息，显得格外热闹。我们慕名寻到美食家蔡澜推荐的餐厅，这家“十号胡同”门外贴着跨年夜餐厅放假的通知，不免有些遗憾。不过，这并不能阻挡我们继续寻找美食的决心，在好友 Kat 的老公的推荐下，我们终于又找到了一家正在营业的传统餐厅 Madam Kwan's，它位于吉隆坡的标志性城市景观——双子塔之内。Madam Kwan's 是主营当地菜的网红餐厅，菜色以娘惹菜和马来西亚菜为主。“娘惹文化”是马来西亚特色文化之一。据传 600 年前，郑和下西洋时将中国的文化与风俗习惯也带到了马来西亚，最后与马来西亚的本土文化融合，形成了娘惹文化。在“娘惹文化”的背景下，当地人以中式烹饪方法配合东南亚特有的十几种香料，形成了味道香浓，带有酸、甜、辣等特殊热带风味的娘惹菜系。在排队一个小时之后，我们终于在 Madam Kwan's 吃上了这顿珍贵的“娘

惹年夜饭”。马来椰浆饭的饭粒飘着阵阵浓郁的椰香，沙爹牛肉味道甜、咸、辣，叻沙粉条唤醒了沉睡的味蕾和食欲。

双子塔是世界上最高的双塔楼，也是吉隆坡的地标与象征。这座 88 层的双子塔气势恢宏，直插云霄。霓虹闪烁时，喷泉随音乐起舞，处处散发着醉人气息，我们被这样的氛围感染着。

异国，异乡，异域美食，和熟悉的老友一起在充满浪漫色彩的双子塔上共同进餐。窗外，新年的璀璨烟花，照亮着这一刻的幸福滋味。

驻足海上仙境

在吉隆坡短暂停留之后，我们再次坐上飞机前往仙本那，继续踏上探索神秘海上明珠的旅程。

仙本那，在马来语中意指“完美的”，代表当地族民对这个小镇的寄托与期望。它拥有邦邦岛、马达京岛、卡帕莱岛、马布岛等著名海岛，也是通往诗巴丹岛的必经之地，因此从一个名不见经传的小镇一跃成为世界级海底旅游胜地。抛开诗巴丹岛入口这一名头，仙本那镇也有属于它自己的美——纯净细软的白色沙滩、笔挺的椰子树、充足的阳光与蔚蓝的海水，还有淳朴的人民与地道的美食，一切都赋予仙本那“完美”的含义。放下行李之后，我们便开始游览这个充满诗意的小镇。

一条几里长的街道贯穿了整个仙本那小镇，沿着这条街道，我们慢慢悠悠地逛着集市，沉浸在仙本那的慢节奏中。每到一座城市游览，我都喜欢逛一逛它的集市，那里不仅有丰富的鱼肉果蔬、特色美食，更拥有当地人最真实的生活气息，那一份专属于这座城市的烟火气，平和得让人沉醉。我不禁回想起首尔集市上热辣的炒年糕，台北夜市的各种小吃，琅勃拉邦集市上琳琅满目的木雕小商品……淳朴的居民用不熟练的英语招呼着来往的游客，热带水果用浓烈的高饱和色彩抓着人们的眼球，藤编的帽子、包包，手雕的木制工艺品，海岛气息十足，最让人欲罢不能的就是那一个又一个海鲜摊了，鲜活的濑尿虾、老虎虾、龙虾、海胆、小石斑鱼……在水中展现着旺盛的生命力。在与渔民讨价还价之后，我们最终以 10 马币一只的价格买下一堆濑尿虾，开心地带到酒楼加工，用美食结束短暂的仙本那之旅。

第二天一大早，我们便坐上快艇，前往马步岛水屋度假村。即使提前半年预约，我们依旧没能预订到著名的马达京度假村，最后定下离诗巴丹岛最近的马步岛度假村，才获得感受这颗海上明珠的资格。

从陆地转战到一望无垠的辽阔海面，我莫名紧张起来，或许是习惯了陆地给的安全感，我的心在辽阔的海面竟好似无处安放。仅

享受片刻海风的轻拂，我便开始头昏脑涨起来，错过了大海中偶尔冒头的海豚与鱼群。快艇向马步岛靠近……

踏上马步岛的那一瞬间，我以为自己来到了仙境——精致的木屋错落在澄澈的海平面上，茂盛的红花与绿植在凉爽的海风中摇曳着身姿，与木屋交相辉映，展现出一片岁月静好的模样。我的心似乎也得到了抚慰，渐至平和，连走在栈道上的脚步都不自觉地放慢，生怕惊扰了仙境中的静谧，身体的疲惫也早在这样的美景中消弭，半年的计划与一路旅途的坎坷都在这一刻收到了馈赠。

伴随着细碎的海浪声与窗外的幽幽美景，我睡得格外香甜，在这样的环境下，连时光都变得缓慢起来。

早晨，被温柔晨光唤醒，舒服地伸了一个懒腰，转头发现女儿早已醒来，正面朝大海，手捧书籍，认真徜徉在墨香的世界里。时间在此刻定格，也让我感受到一种莫名的欣慰——原来，幸福也可以在这样缓慢而静谧的时光里迸发。

午后，阳光恣意地洒满海平面，我们坐上快艇，踏上出海浮潜的旅程。美丽的鱼群与如水晶般的大海击败了我对海的恐惧感，我跳进海中，探索这个神秘而美丽的海底世界，享受与鱼群共舞的美妙，并用相机抓拍到了在海中游弋的海龟——半年前偶遇的那张照片似乎与如今的场景重叠，让我的内心焕发愉悦——感谢那一次不经意的邂逅。

又一个早晨，我们终于来到期盼已久的诗巴丹岛。诗巴丹岛，世界顶级的潜水胜地。它仰卧在沙巴东南海岸浩瀚的苏拉威西海上，由海底一座死火山顶端的珊瑚礁形成，从海床耸立，高达 600 米。诗巴丹岛位于太平洋盆地心脏位置，拥有世界上最丰富的海洋生态，已有超过三千种鱼类和数百种珊瑚类被鉴识与分类。2005 年开始，诗巴丹岛上所有的潜水度假村皆已关闭，全力保护附近海域和岛上的生态系统。前往该岛需提前预约，岛上每天只接纳 120 名游客。

千言万语也不足以表达我真正触及它时的震撼——银白色的沙滩在阳光下泛起细碎的光泽，捧在手心的细沙如丝绸一般滑过指尖，海水在白色沙滩的映照下也显现出澄净的白色，越往深处则逐渐变成澄澈的蓝，美得不像人间。在这里的浮潜让我又看到了不一样的海底世界——五颜六色的珊瑚在海底摇曳着身姿，百余条约 2 米长的苏眉鱼组成的鱼群浩浩荡荡地从身边游过，卷起阵阵波纹，不知

名的鲨鱼悠闲地在水底游来游去，似乎在享受着踱步的乐趣……

傍晚，我们回到了酒店，女儿在浮潜的疲惫下早已沉沉睡去，嘴角还停留的微笑显示着她做的美梦有多甜，而我与闺蜜坐在阳台上享受着这万籁俱寂的时光，在夕阳中细细品茶，静待日落。伴随着最后一抹斜阳沉入海平面，天空中那如画的红橙色也全部消失，取而代之的是一片浓重的暗影和铺满夜空的星星，一望无垠的海洋隐没在夜色中，唯剩下哗哗的海浪声，似哄人入睡时的低语呢喃，更显出夜的宁静。远离城市的喧嚣，心在这样的宁静中如莲花般静静开放，这样的美好与幸福已经无法用言语描述，唯愿生活能够一直这般下去。

美好的时光总是短暂的，与大海亲密接触数日后，我们踏上了归程。离开时我为木屋拍了照片，把时光定格在美丽的海洋仙境。

心灵漫游：聆听台湾

这些年，我行走在旅途中，不止一次思考过旅行的意义。对于我来说，秀美的自然风光是我前行的动力，美好的人文情怀令我心生向往，而独特的文化特征也对我有莫大的吸引力。如果说风景是一座城市美丽的外衣，那么文化就是独属于这个城市的神韵，正如每个人美好的内在，是基石，也是灵魂。有时，我们会被绚丽的风光吸引，但真正打动人的，一定是这座城市独有的文化及悠久的历史传承。

台湾就是这样一个有文化特征的地方，慢条斯理，却散发着独特的优雅魅力，深深吸引着我，促使我踏上了探寻台湾的文化之旅。

旅行的途中总是充满着未知，这趟旅途自我踏上台湾的第一刻起就充满波折。目的地是高雄，而我先乘飞机到达了台北，所以面临两种选择——一是直接搭计程车前往火车站，再连夜赶火车直奔高雄；二是在台北休整一晚，第二天一早再乘飞机前往高雄。为了更好地休息，我选择了第二种方案，却没想到是一段波折的开始。

预订好早上7点半起飞的机票，凌晨4点我便起床，在天色朦胧中赶到了桃园机场，办理登机牌时我却目瞪口呆——明明已经订好了机票，但值机柜台却怎么也查不到我的信息。无奈之下找到了服务台，得到的回复是：我前一天已经从海关入境，因为一次一签的原则，我无法再乘飞机到高雄。即便与机场工作人员再三沟通，但铁律如此，他们也没有办法，我也只好默认机票作废，再想其他方法前往高雄。

没想到台湾会以如此特别的方式迎接我，不过事情已经发生了，我也只能敞开怀抱，接受这个事实，并以积极乐观的心态去面对和解决问题。在得知无法乘坐飞机之后，热情的工作人员也善良地为我指明了去高雄的路，我马上查好了汽车转高铁的路线，并顺利赶上了去桃园高铁站的快线大巴。虽有波折，但好歹结果顺利。坐在大巴车上，看着窗外升起的太阳，我不由得笑了。感谢这么多年在外行走的经历，让我练就了一种特殊的本领——即使逆境丛生，我也能做到迅速冷静，不抱怨，不生气，不懊悔，只思考解决问题的办法并迅速找到新方案。无论在哪里，我都能通过有效沟通，很快获得陌生人的信任与帮助，并顺利解决任何问题，包括这一次。

几经辗转，我终于来到目的地高雄，也终于顺利见到了著名琴师黄锦辉。他师从台湾杨宏荣老师，在高雄创办“合真琴社”，并担任社长。此次前来，主要是为了聆听阿辉老师个人古琴演奏。他亲自弹奏成公亮老师创作的《袍修罗兰》。《袍修罗兰》是成公亮老师的作品之一，套曲将佛家地、水、火、风、空、见、识之宇宙构成七因，汇成“如来藏”之见，“点化”成有声之“悟”，铺展为八首系列作品。在多样化的音乐结构安排下，“地”的生机孕育，“水”的涤尘向善，“火”的光明力量，“风”的时光呼吸，“空”的万物包容，“见”的大爱唯美，“识”的通达释然，细流如海般汇聚在“如来藏”的生命真谛之中，将抚琴者、谱曲者、听曲者皆融为一体，以最宁静之心，谱最禅意之曲，旨在于乐风飘散之处，让满堂俱留佛心善意。泠泠七弦一拨，琴音乍起，曾经的漫长岁月在宁静的琴音中被洗涤，颇有“采菊东篱下”的悠悠自得，又含“一蓑烟雨任平生”的随遇而安。

音乐厅里琴音如山间的小溪，缓缓流淌在耳边；又如佛堂的檀香，轻轻萦绕在心间。琴曲之间，已能感受到阿辉内心的禅意。听闻阿辉老师早前接触成公亮老师的《袍修罗兰》之时，便深觉自身经历尚浅，无法奏出曲之深意，便只身前往北京，隐居于闹市小巷

中的四合院，闹中取静，研琴修身，游学授琴，以琴会友。独处时，便倚树盘坐，横琴于膝，于琴韵之中与朝晖晚霞相伴，在人间烟火之中充分利用这一方净土，逐渐悟出琴曲之中的禅心。如今，阿辉老师将那一方净土，借空灵的琴音展现给今晚的大家，使在场所有人都沉浸在浩渺深广的佛境之中，明心见性，感受万物的包容，也体会到圆融之意。

此时此刻，中国的传统文化与佛家的明心豁达融为一体。因佛结缘，也因这一场纯粹的音乐会让我感受到不一样的琴声和不一样的台湾。

心灵漫游：凝望台湾

秉着心灵漫游的初衷，来一场难忘的台湾之旅，是听觉的享受，也是视觉的盛宴。黄锦辉老师的琴曲令我沉浸在佛音的禅意与宁静之中，而台湾的大街小巷则让我体验到精致优雅的慢时光。

在永康商街的一碗“永康牛肉面”中苏醒。永康牛肉是一家传统小店，经两代人的日常饮食理念和生活细节磨合，为食材提供了源源不断的精神和物质支持。在永康商街，类似的这种传统老店有很多，它们与现代风格的文艺小店奇妙地融合在一起，沉淀出历史和文化的内涵，散发出灵动、和谐的气息。独特的城市风格宛如午后阳光般温暖的人文风情，令人忍不住在这样缓慢流淌的时光中轻轻踱步，流连忘返。街边，一栋日式小楼静静伫立，与周围热络浓烈的气氛不同，它有历经岁月般的恬静，仿佛正悄悄低语着旧日时光，让我忍不住一步步靠近，想要听清它的呢喃。走近后，娟秀的四个大字吸引住了我的目光——等闲琴馆。走进琴馆，一把把古琴静静地挂在墙上，岁月的斑驳赋予它们独有的魅力，这种魅力深深吸引着我，也让我对馆主更多了一丝好奇。馆主姓王，是一位四十多岁的女性，为人非常低调。据阿辉老师介绍，等闲琴馆在台湾的文化地位可比肩紫藤庐茶馆，王姐和茶馆主人周渝老师也是多年的故交。在与王姐的交谈中，我得知这些古琴都是她多年来的精心收藏，这种偏爱旧物的情结，让王姐身上多了几分儒雅淡然与恬静美好。时间依旧在拨动着岁月的琴弦，但在王姐的心上，却刻意放缓了节奏——慢一点，再慢一点。馆内的古琴与精致的旧物交相辉映，中华传统文化与古朴的装饰风格相得益彰，细腻又不失雅致。想必只有王姐这样内心宁静的人，才能营造出如此别致的风景吧。“松花酿酒，春水煎茶。”燃几片沉香，泡一壶新茶，抚一曲古琴。赏门前萧萧竹叶，品窗外悠悠白云，看淡行人来来去去，超脱世间聚聚离离。“行到水穷处，坐看云起时”，正如那店名所书，唯“等闲”而已……

这样的惊喜不仅藏在拥有旧时光的琴馆里，还散落在台湾大大小小的餐馆之中。“食养山房”和“春余园子”最令我印象深刻，也是给予我最多惊喜的两家店。食养山房主人林炳辉，是一个深爱茶道的美学大师，曾经身为建筑绘图师，却放弃追求世俗的名利，走入山林，向大自然学习，学习禅的思维，重新定义人生的价值。两间餐馆都有相似的古朴风格，空间环境设计流露出东方文化元素，虚实间表达对生活的哲学思考。除了色香味以外，最打动我的是它们对每一种食材的尊重和对大自然的敬畏。这两家餐厅都没有固定菜单，依据四时变换决定当天的食材。我去的时节正好是冬至，菜品里有莲花鸡汤、桂花芋艿，二十四节气与当季食材相辅相成，奇妙交融。

与其说是“吃”，倒不如说是“品”。品食物最原始本真的味道，品这一道道“艺术品”所传递的情与趣。食物入口瞬间，或清甜，或咸鲜，食材的本味裹挟着厨师的精心调制，在味蕾上弹奏出一段段乐曲。它时而深沉厚重，如大地蛰伏，孕育新生；时而欢快轻盈，如曙光初露，万物苏醒；时而炽热焦灼，如熊熊烈火燃烧；时而轻柔似微风拂过，落英缤纷，树影婆娑……在唇齿间，谱写出一首首大自然的赞歌，千言万语都在味蕾为食材绽放的那一瞬间失去了颜色。简单的食材，带领我们体悟出别样的情感，也无怪乎同行的友人会在品尝食物之后感动落泪。

“慢时光”似乎是这次台湾之旅的主旋律，就连去垦丁路上，隐匿在林间的咖啡馆，也以悠闲的姿态吸引着我。这是一家叫“乐”的咖啡馆，没有刻意修饰的文艺情调，却远离城市的喧嚣，独有一份宁静和美丽。面朝大海而建，简单的木质吧台，充满意趣的小鸟石雕，不远处是海岸线在无限延长，仿佛顺便拉长了时光。一个充满阳光的午后，一杯细细研磨的咖啡，一片无垠广阔的大海，细细地品，静静地听。在静默的时光中，感受着真实的自己，这种喜悦，无法言喻。

最后一站，台北故宫博物院。走在展厅里，看着一件件珍品，听着一段段古老的历史，每一件文物都仿佛带我跨越了时空的界限，一同在历史的轮回中经历风雨、起伏。更重要的是，这一件件，一桩桩，都与祖国相关！我不禁热血沸腾，心中默默祈祷：回来吧，回来哟，别再四处漂泊。

回顾此次台湾之旅，更像是一场心灵漫游，那些触摸和感受过的时光，终将在我的记忆里生根发芽，生长成一朵最温柔恬静的花。

慢品，闲观，悠悠夏长

如果说川藏之旅与台湾漫游都经过良久的筹备与精心的策划，那么清迈之行则更像是一场不经意的邂逅。乘兴而来，兴尽而归。随遇而安，且留且行。

还记得那是一个落雨的夜晚，好友 Kat 打电话邀我去清迈，没有周详的计划，没有提前的安排。无须多加思索，我便爽快地答应，来一场说走就走的旅行。Kat 与我是多年好友，我们俩就是这样合拍，总是会因为一句话、一首诗、一张美丽的照片，就对一个陌生的地方心驰神往，然后毫不犹豫地奔赴远方，又收获无数意外与惊喜。对这次随心之约，我开始充满期待。

没有攻略，两个一拍即合的人就这样踏上了去清迈的旅途。没想到，从坐上的士去机场的那一刻，一系列令人啼笑皆非的意外接二连三地发生。先是我的手机差点被遗忘在的士上，接着 Kat 发现她拿错了护照，只好匆忙折回家重拿。一切落定，想安安心心坐下来吃口热腾腾的面条时，机场广播却催促登机。就连“千载难逢”

的被告知“行李没上飞机”事件也幸运地被我撞上……真是现实版的“人在囧途”啊！

好在，发生的一切最后都有惊无险，反倒为我们增添了许多乐趣，让我对这次旅行更加期待。

9月的清迈正值雨季。一下飞机，温润潮湿的气息扑面而来，连风也是柔柔的。到达酒店已近深夜，洗漱完毕，便在夜色中渐渐舒展身体，伴着轻柔的雨声沉沉睡去，只待明日起床，好好感受一下这座城市。

第二天一早，我在阳光的轻吻中醒来。没有行程安排，当天就决定在酒店里消磨。一份简单的早餐，再配上一杯卡布奇诺，静静地看着窗外的风景，感受这座酒店散发的皇家气质。我们此次入住的是清迈黛兰塔维度假酒店，酒店承袭品牌一贯的贵族风范，建筑设计一比一还原了800年前兰纳王朝时代的风格，细节中展现了独特的文化与优雅。园内的稻田、水车、花园、古城墙、西式洋房，与热带自然风光完美结合。夜色之后的灯火仿佛穿越回帝王古城。我和Kat一边轻声聊天，一边在酒店闲庭信步，说到趣事便凑在一起嗤嗤地笑了起来。热带植物艳丽张扬，就连叶子都生得肥厚硕大，油亮油亮的。我站在满园的蓬勃烂漫中，闭上眼睛，深呼吸，置换着体内的浊气，压力在瞬间得到释放。Kat心领神会，笑而不语。在我们之间，连沉默都充满默契。懒懒散散地走着，饿了，就用地道的泰式美食唤醒味蕾；累了，就往泳池边的藤椅上一躺，看蓝得

不像话的天空和斑驳的树影。我第一次感觉到，原来酒店也可以是一个放松心灵的休憩之所。

清迈的雨缠绵、清灵，说下就下。与江南的雨不同，它不阴郁，不忧愁，反倒透着一股秀美和舒展，沁人心脾。我们的这场清迈之行就像这里的雨滴，恣意、欢畅，收获了许多乐趣。

我们走进了兰纳文化浸染的古老寺庙，古朴的建筑透露出洗净铅华的纯净与从容。寺庙中披着橙色袈裟的僧侣随处可见，他们眼中闪烁着水一般的澄净，安静，平和，却让人肃穆。

我们走过一条陌生的小路，轻嗅道路两旁洋溢的花香，感受着醉人的清新气息，青石上铺满了厚厚的苔藓，小草沉浸在柔软的细雨中，散发出别样的清香。

为了躲雨，我们随意拐进小店，坐在屋檐下，喝着清甜的椰汁，静静地看着过往的路人，身处其中，又仿佛只是一名旁观者。雨滴悄悄地打湿了我的裙摆。

短暂的休憩之后，趿着拖鞋，带着一颗散漫的心，继续行走在泰北的乡村小道上。微风吹响檐角的铜铃，马车承载着飘忽的思绪。一路上，我们与传统手工艺对话，与马儿聊天，与稻田谈情，时光在细雨的浸润中变得缠绵而悠长。

心血来潮，报名参与酒店的泰式菜肴烹饪课。在油烟的缭绕下，在咖喱的辛辣中，在厨房的锅铲声里，我们收获了不一样的体验。感慨的是，我们蹩脚的英语竟然“hold”住了整场课程，还在最后交出了令人满意的作品。

暮色四合，一场热络的民族舞表演即将开场。舞者的微笑犹如弯弯的明月，蕴藏万千柔光，我和 Kat 也在这样的柔光中沉醉徘徊，不知是那杯红酒带来的微醺，还是迷醉于舞者眼里散发的柔情。清迈的夜晚释放出无限温柔，包容着这一切……在清迈的雨季，枕着轻柔的晚风熟睡，熨帖，沉静。

每每想起这场雨季时节的随心之约，都会让我沉醉其中……

终见终南山

初识终南山，由于王维的《答张五弟》：“终南有茅屋，前对终南山。终年无客常闭关，终日无心长自闲。不妨饮酒复垂钓，君但能来相往还。”这首小诗表现了诗人在隐居时寂静安闲的生活，也表达了对友人的真挚感情。几间茅屋草舍，面朝巍峨深邃的终南山，开门见景。饮酒、垂钓，无忧无虑，无拘无束。没有外人打扰，没有机心杂念，王维的隐居生活甚是悠闲，勾起读者的无限遐思。虽然道家“大隐隐于市”的处世境界难以企及，但内心仍旧向往“小隐隐于野”的闲逸生活，干脆短暂逃离，自己选择来到这令人心驰神往的终南之山。

终南山位于陕西省，它不是一座独立山峰，而是秦岭山脉中部的一段。《中国国家地理》期刊称它为“中国的国家中央公园”，这里集秀峰、异石、幽谷、清流、飞泉、奇洞、天池、寺观、层林、古道于一体，钟灵毓秀，风景奇绝。“终南自古多神仙”，民间将终南山视作高手云集、仙人出没的仙山洞天，也是“道家文化”“佛家

文化”“儒家文化”的发祥圣地，历代多有隐士长居于此。

初入山林，我便被这若有似无的袅袅青霭吸引，那云深之处似有谪仙长居。缓步而上，唯有溪水叮咚、鸟鸣阵阵相伴，林海深处云雾缭绕，花草芬芳沁人心脾，无怪乎王维会长隐于此，李白也为它倾醉，写下“暮从碧山下，山月随人归。却顾所来径，苍苍横翠微”的千古名句。听着山间万物的轻语，在这样清幽秀美的环境下，我亦心随境转。什么俗世凡尘，功名利禄，终不过是过眼云烟，不若品山间一壶清茶，感林间自在野趣，看天边云卷云舒来得透彻。

在终南山隐居于茅棚禅舍。静修的日子里，时间似乎都慢了下来。兴起，我挎起竹篮，学古时文人墨客，采撷初露时散发着淡淡清香的松针，再寻来山间最清冽的山泉水。独坐廊前，在云雾的缱绻之中，煮上一壶松针茶。廊外小雨沥沥，滴落池中，水面泛起阵阵涟漪，飞鸟拍打翅膀的声音清晰可闻，在这样的静谧中，松针茶

的清甜入口便铺满舌尖，用它最柔和的方式轻抚过每一处味蕾，自然清爽的气息悄悄地在口中弥漫，似乎自己也变成了山间的一草一木，与这雨雾缭绕的旷野、天地融为一体，心情说不出地畅快与清明。

终南山的神奇之处，在于它的动静皆宜，既有看破红尘后的隐世之气，又有幼童稚子的田间野趣。我们这次入山运气比较好，正赶上山中果实丰收的时节，各类蔬果吸收了终南山的灵秀之气，个个生得饱满光亮，格外清甜。雨过天青，菌子争相冒头，更是为这份丰收增添了几分喜气，自己也连带着生出几分童心，忍不住深入林中，亲手采摘一颗颗丰硕的果实：红彤彤的李子、黄澄澄的枇杷、略带青涩的苹果……只一会儿的工夫，篮子就装满了。咬上一口，清甜的汁水在齿间喷薄，久违的味道让我仿佛又回到了小时候，无忧无虑地大笑，收获纯粹的喜悦。

对我这种久居城市之人，山中的每一刻都是轻松愉快的。洗去一身疲惫后，换来一夜好梦。翌日，没有闹钟，我自然就醒在晨光之中。打开门窗，天色微明，山川磅礴，太阳就在群山之中渐渐染红了薄云。在门前竹影的斑驳中，太阳逐渐升起，氤氲的雾气四散开来，似身处凡尘，又恍若超然于尘世。我沉浸在这样的山影之中，一时忘记了言语。

山川岁月，品茗，抚琴，风云擦肩而过；心闲日长，平心，静气，明净秋色年华。闲适悠然的岁月似乎很慢，但又似一晃而过，离开前，回首一盏清茶洗去浮华的日子，竟有万分不舍，只想在这闲云野鹤的时光中隐居，也终能理解那些高士隐居之举——幽兰生空谷。在这样的山林之中，确能生出超凡脱俗之心。

当然，我终归无法舍下凡尘，对这仙灵之地，相信自己一定会再拜访，再来亲近山林，体味本真，寄情于自然之中，品林间悠悠之意。

淡然于心，安然于世

——找寻内心的声音

不知在你的心中，有没有这样一个地方，仅仅一次短暂邂逅，它便悄悄地在你心底种下一颗种子，生根发芽，难以忘怀。随着时间的推移，日深一日……

我的心里，就有这样一个“秘密花园”。许是在现代化都市待得太久，我十分向往陶渊明“晨兴理荒秽，带月荷锄归”的田园生活。8 年前，我曾孤身一人，背上行囊，架起相机，义无反顾地奔向一座连地图上都找不到的徽州古村落——许村，位于安徽省黄山市歙县西北部，距县城 18 公里。没有地图的指引，一路风尘仆仆的我只能靠向村民问路到达目的地。由于许村的旅游业还没有形成气候，所以我可以很庆幸地看到原汁原味的古镇，虽然建筑大多残破不堪，但当地人真实的生存状态都原封不动地展现在我眼前。

“一生痴绝处，无梦到徽州。”“徽”字寓意美好，将其拆开，里面有人，有山，有文，或许从有了名字那一刻开始，它就注定是一个山水田园里的归处。少了城市的便捷，村里却有城市永远无法

百砚轩
砚

企及的宁静与安然。撑一把油纸伞，慢悠悠地，从如黛的远山，踱入一片金黄的花海。那里屋舍俨然，土地平旷；那里良田美池，粉墙黛瓦；在天青雨色里，在小桥流水边，寻得一个山水田园里的归处。闲坐阁楼上，煮一瓯黄山清涧水，捧一只靛蓝青瓷杯，赏一尊精致的徽州木雕。淡然于心，安然于世。

早晨被鸡鸣声唤醒，太阳露出暖黄色。晨光熹微，点点散落在白墙青瓦间。炊烟袅袅，由微风将香气送往远方。漫步村中，徽派建筑独树一帜，恬淡清幽。单看一座，只觉一黑一白、一实一虚，极简之美渗透其间；极目远眺，便叹高低参差、错落有致，韵律之美跳跃其中。河边有少女裸露着脚踝，一边浣衣一边同伙伴窃窃私语；嬉戏的孩童洒下银铃般的笑声……一丝丝，一幕幕，仿佛从水墨画中走了出来，透着城市少有的“静”，也透着城市人最向往的“宁”。

随着日头渐渐升高，我受村里大姐的邀请，来到她家田地。走进田间，红红的辣椒俏皮地挂在枝头，释放诱人的辛香；鲜嫩的油菜花仿佛一把能掐出水来；圆滚滚的小西瓜上面有红彤彤的灯笼柿子……我忍不住心生乡野意趣，摘一篮柿子，采一捧野菊，切一个小西瓜与路上遇见的美国游人分享，那种只有在田野间才能感受到的自在和乐趣，时隔多年仍时常在我的脑海中回荡。

今天，我又一次踏上这片如水般温润、如诗般写意的土地，回到了记忆中的“秘密花园”。与以往不同的是，这次我带上了女儿，想与她一起看袅袅人烟，绿草萋萋，一同分享自己曾经收获的喜悦。所以，这次旅行不仅是为了圆她的黄山梦，更是为了再次找回那份念念不忘的意趣与安宁。

高阳桥是一条许村通向外界的通道。徽商远行，村中父老妻女在此送亲人出远门。我拉着女儿的手，重游当年走过的桥，桥上依旧坐满了耄耋老人，他们与桥共同镌刻阑珊岁月。大观亭、牌坊、马头墙跟我记忆中所见过的相似却又不同，或许是多了些现代的细节，新的建筑物、廉价的纪念品、路边的村民导游……女儿指着贞节牌坊好奇地问：“这是什么？”我简单回答：“封建社会最高的荣

誉象征，用来标榜功德，宣扬封建礼仪，类似于精神守则。”女儿用懵懂的眼神看着牌坊，我不过多解释那些无法理解的悲凉——女子用青春换来的赞誉是否值得被推崇。转身离开，女儿又嘻嘻哈哈地开启新的旅程。沿着高速公路向南驱车进入杭州，我们来到著名的景区——千岛湖。可能我是偏向于追求内心平和喜悦的人，所以来到人声鼎沸之处，反倒显得有些无所适从，即使风景再美，也无法触动内心。熙熙攘攘的人群密密麻麻地充斥在各处景点，走马观花之后，我和女儿避开游客，钻进小巷，开始寻觅最地道的本地美食，千岛湖的鱼头味美料足，田螺是女儿的最爱，我们美餐一顿，唇齿留香。

旅途仍在继续，下一站，西湖。我们到达时已是深夜，宿在西湖边的我毫无睡意，便独自从酒店漫步而出，准备夜游西湖。夜已深沉，喧哗的游人早已散去，还给西湖久违的宁静，只剩下一轮明月垂入湖中，杨柳枝下，一叶扁舟枕着寥寥月光，映出初秋清凉的剪影。即便深夜，街道上仍随处可见巡逻民警，安全感满满。闲庭信步来到一家 24 小时开放的茶亭，品一杯西湖龙井，凝望西湖皎皎月明，心中泛起闲情，脑海中突然浮现出白居易“最爱湖东行不足，绿杨阴里白沙堤”的诗句。此情、此景、此心，似乎与千年前的香山居士有了情感上的共鸣。时过境迁，物是人非，西湖却依旧，跨越时间的樊笼，给古今多少文人带来慰藉。

告别西湖，我们继续一路向南，来到了此次亲子游的最后一站普陀山。

细数自己生平过往，我一直相信自己与佛有不解的前世因缘，无需刻意追寻，也无执念，我总能在朋友或梦境的指引下与佛不期而遇，并总能在一次次的人生际遇中获得新的思考。此次来到普陀山也是缘分使然，原是应了宁波几个朋友的邀约，也是希望圆自己遍访中国四大佛教名山的心愿——体验过五台山的禅境，目睹过峨眉山的佛光，领略了九华山的奇秀，唯独还未见证过普陀山的灵性。因缘际会，此次终于有幸圆梦。

正午时分，行走在通往普济禅寺的竹林小径上。曲径通幽处，一道道阳光穿透层层叠叠的竹叶，露出斑驳的树影，在微风的吹拂

下泛起水波般清凌的光。穿过写着“佛”字的围墙，便来到久负盛名的普济禅寺。听朋友说，这里的佛祖与菩萨甚是灵验，寺庙内香火十分旺盛，在青烟缭绕的香火中，随处可见虔诚膜拜的身影。我像一个云游的行者，带着出世的心境，入世的禅意，跨入烟雾缭绕的大殿。抬头仰望菩萨，对望的刹那，超然的空灵中，似乎有一个声音对我说：“你来了。”暗香浮动，明心见性，无需多言，唯在思想的碰撞中，感悟“佛陀拈花一笑”。

从许村到杭州和宁波，从如梦般的山水田园到佛家圣地，旅行的意义在我的生命里恣意生长，变得越来越丰富。此次亲子游，相信也为女儿带来不一样的体验。每个人的感受独特，私密，无法复制，唯愿女儿也能在一次次的旅行中，寻找到自己内心的声音。

致敬，英雄之路

人生唯一的永恒，就是每天都在改变。人生路，最难的不是看清远方，而是看清脚下。

经过大半年的筹备，我们终于踏上了第一次公路旅行，沿着独库公路自驾，挑战中国最美公路。由于独库公路地形特殊，急弯陡坡较多，所以在出发前我们做了周密的计划，路线图经历了六次修改，方案也从第一版逐步完善到第三版，可真到开车上路时，计划还是赶不上变化。从新疆乌鲁木齐出发的第一天，我们就被告知独库公路（G217）可能会封路，急忙打电话咨询，幸运得知目前仍可通行（第二天开始封）。驶离唐布拉向巴音布鲁克前进时，我们又遇到塌方封路，只好临时修改前进方案，改道 G218，穿乡间小路抵达巴音布鲁克……这，就是公路旅行。它的乐趣不在于目的地，而在于如何把前方的未知变成之后的坦途。

独库公路，即 217 国道独山子至库车段，它北起石油化工重镇独山子区，纵贯天山南北，南下穿过巩乃斯草原和巴音布鲁克草原，

翻越哈希勒根、玉希莫勒盖和铁力买提三个达坂，到达阿克苏地区库车市，全长约560公里。而且，独库公路地形特殊，全程三分之一是悬崖绝壁，五分之一处于高山永冻层，需翻越常年披雪的天山达坂。其中的自驾难度不言而喻。庆幸的是每一次拐弯、每一次上下坡后，总有美景相随。

“一天有四季，十里不同天。”作为纵贯天山脊梁的景观大道，独库公路横亘崇山峻岭、穿越深川峡谷，连接了众多少数民族聚居区，汇聚了让人震撼的美景：戈壁荒滩、高山湖泊、现代冰川、森林河谷、雪山草原、雅丹地貌、野生动物保护区……不论是摄影、探险，还是徒步，人们都能在这条路上找到想要的风景。

“路是躺下的碑，碑是站立的路。”当初为了修建这条公路，数万官兵奋战10年，168位筑路官兵献出了宝贵的生命，这是一条历经艰难险阻、凝聚了人类超然意志力的道路，是一条用鲜血铸就的英雄之路，是中国公路建设史上的一座丰碑！为了缅怀遇难的烈士，公路沿线修建了乔尔玛烈士陵园，并树立了独库公路烈士纪念碑。我们在碑前久久伫立、默哀，远处驼铃声声，仿佛是一首对英雄的赞歌。

如今独库公路为新疆人民筑梦，也成为实现梦想、摆脱贫困的“康庄大道”，对南北疆经济、文化交流起着重要作用。过去从独山子到库车要绕道大河沿或和静县，独库公路的建成使南北疆路程由原来的1000多公里缩短了近一半；还对沟通南北疆交通，增加各民族团结，开发建设边疆，巩固国防有极其深远的意义。

历时五天，我们沿着英雄的足迹，也丈量着独库公路的坎坷，驰骋于辽阔疆野，内心获得一种满足与豁达，它源于对生活的感恩。正是这种感恩，如同一束束明亮而温暖的阳光，燃烧、沸腾了血液，引领我以一种努力的姿态去追寻心的方向。

独库公路，有多少英雄故事埋藏在你的脚下，又有多少故事浸染了落日烟霞……

致敬，英雄之路！

新疆之旅

——探秘美丽传奇

很多人说，不至新疆不知中国之美。辽阔的新疆包罗万象，既有巍峨的高山，也有宁静的湖泊，亦不乏广袤的草原。无需过多的辞藻渲染，我早就被新疆这块宝藏之地所吸引，渴望背上行囊，奔赴新疆，去感受这块散发着自然之美的地方，追寻生命的春光。

和深圳的夏天阴雨连绵有所不同，新疆的夏天炙热浓烈。在我历经千辛万难，遭遇差点无法登机的机场“囧事”顺利到达乌鲁木齐后，新疆便以 45℃的高温向我们致欢迎礼。在这样的热情之下，我们追随着王洛宾歌声里娓娓道来的故事，奔向那遥远的地方……

自乌鲁木齐驱车 90 余公里，便来到“烟翠联翩，锦绣满目”的天池。天池古称“瑶池”，相传为王母娘娘沐浴之地，正是因为天池美如仙境，才会有这样美丽的传说。夏季是天池最美的时节，粼粼的波光闪耀着纯洁的光芒，苍翠的松柏倒映在淡绿的湖水之中，深浅不一的绿色层次分明，更显湖水清澈。洁白的雪峰与湛蓝的天空交相辉映，在视线的尽头融为一体，分不清是雪峰变成了白云，还是白云造就了雪峰。雪峰犹如娴静的姑娘，在天池边静坐梳妆，汇成了一道动人的风景线，让我流连驻足。

第一站的天池已经给我们带来了无尽的惊喜与震撼，也让我们对接下来的旅途充满着期待，即使今日计划里程是 630 公里也丝毫不觉得疲倦。告别天池，车辆沿着 G216 国道继续向前出发，穿越拥有厚重历史的古尔班通古特沙漠，我们一路追随着夕阳，去一一揭开新疆神秘的面纱，探索更多震撼人心之美。

除了美景，新疆的美食也让我们沉迷。到达目的地之前，途径朋友家的餐厅，品尝特色裤带面和原生态的野生美味，我们沉醉在美食中，讨论着途中的美景与趣事，在短暂的小憩中填饱了肚子，也舒缓了一路驱车的疲倦与困顿。

在富蕴县休整一晚之后，次日一大早，我们便迎着朝晖，驱车

52 公里到达额尔齐斯河的源头——可可托海。可可托海的美，在名字中便可见一斑。“可可托海”在蒙古语中意为“蓝色的河湾”，在哈萨克语中又指“绿色的丛林”。不同的译语，诉说的却是同一片美景。海拔 1170 米的高原赋予可可托海独特的高原美，湛蓝色的河水蜿蜒在翠绿色的丛林之中，犹如一条镶着翠玉的蓝丝带，远处的山石延伸到蓝天白云的尽头处，显现出别样壮阔的美，独特的地震断裂带让这片峡谷的每一个转弯处都呈现出不同的惊艳。可可托海三号矿坑有“世界地质矿产博物馆”的美誉，丰富的矿物质融入水中，使湖水也透着微微的咸味。传说这里的湖是《西游记》里的子母河，温柔娴静，有几分传说中的样子。在湖边取了几瓶纯天然的湖水，静坐于千年树下，架起小炉，在袅袅青烟中泡上一壶清茶，与青天为伴，与绿树为伍，目之所及皆是碧水高山，茶香萦绕鼻尖，伴着青草的微甜，令我不禁闭眼沉醉，脑海里浮现出宋代青原惟信禅师

的偈语：山还是那山，水还是那水……此时此刻品味这佛偈时，竟能感受到妙不可言的禅意。

继续一路向南而行，一片片村落、白毡房和缕缕的炊烟匆匆迎面而来，又迅速被我们甩在身后。伴着呼呼的风声，我们在油画一般的风景中疾驰而过，渐渐地，村落越来越少，不一会儿，白毡房也都消失于地平线的尽头。再经过一段高速路，我们便抵达了素有“世界魔鬼城”之名的油城克拉玛依。47℃的高温让我们都变成“待烤的羔羊”，酷热之中，我倒是莫名回想起自己来新疆以后越来越娴熟的烤串手艺，回想起老爷在手制美食时领悟出的那套“江湖秘籍”，忍俊不禁，噗嗤一声笑了出来，在这样的高温中回想这些趣事，也算是一种“苦中作乐”了吧。其实旅途就是这样，不可能总是一帆风顺和徐徐清风的好天气，这样的时刻，苦中作乐一番，怡然自得一场，倒是为波折的旅途增添了一番风趣。

行程第五天，放纵游弋于祖国大好的边疆，看绿水恣意流淌于干涸大漠深处，体味城市的繁华与路途中不同的景色。沿天山北麓西行，就来到多情且诗意的“赛里木湖”。澄澈的赛里木湖宛如温柔的姑娘，轻柔地依偎在大漠赤诚的怀抱中。在大漠粗糙的胸膛上更显得“姑娘”娟秀可人，秀丽无比。宁

静的湖泊在阵阵微风中荡漾出一圈又一圈的波纹，在充满风沙的干涸大漠中显露出一份难得的安然，连风都温柔了许多，抚慰了我浮躁的心灵。忍不住弯腰掬起一捧湖水，淡淡的清凉沁于指间，满心的喜悦喷溢而出，犹如一条自由的小鱼徜徉在明净的碧水之中，自在畅快。

领略了天池的唯美动人，体验了赛里木湖的温婉柔美，一路前行，心随意动。我们又临时调整行程，来到中哈边境上的夏尔西里，去被称为“人间净土”的地方，感受这片绝美秘境不一样的精彩。没有湖泊的澄澈，没有矿山的壮丽，夏尔西里有独属于草原的辽阔与森林的神秘。雪松矗立在山峰之上，苍劲挺拔，成片成片半人高的草丛中点缀着怒放的花朵，白色、黄色、紫色的花瓣散发出空灵的气息。在这样一幅美丽的画卷之中，野生小动物享受着丰盛的美食，在路边放肆地奔跑跳跃，透露出勃勃的生机，亦体现大地母亲对万物的包容。原生态的美景中，我们几个外来者倒显得“违和”，人生的任何欲望在这片土地上竟显得那样渺小和不足为重。盘腿在花丛中一坐，一壶闲茶，两袖清风，往日的烦恼似乎如云烟飘散，不足为道，只愿在如画美景当中感知微风慵懒，品味流云自在，悠哉游哉。不想打扰这一刻的美好，我离那些享受美食的小动物们远远的，只静静地用镜头定格，以此留住大自然的馈赠。

沿着天山南麓 218 国道继续前行，先在伊犁河畔留下我们嬉笑的身影，途经果子沟、那拉提草原后，最美的高原湿地“巴音布鲁克大草原”便呈现在我们面前。这一刻我才知道，世界上有一种颜

色叫做五彩斑斓的白，雪山在阳光的折射下透出彩色的光，层层散落在草原之上，犹如一个天然的调色盘，把草原调成不同色泽的绿，各自为伍却又奇妙相融，雪白的羊群与毡包错落在草原之上，与蓝天上的白云相互映衬，带来一种摄人心魄的美。

这次的新疆之旅给我带来太多太多的震撼，也带来太多太多的回忆，有自然之奇、自然之阔、自然之美，也有独库公路之险，有罗布人村寨的神秘，也有新疆羊肉串的地道美味。来这里之前，我不知道一座城市竟然可以展现出许多不同的样貌。十几天，途径国道、省道、县道、乡道，还有好几次误闯入不知名的小路。一路上，我们追寻着古时的痕迹，寻求自然的真谛，体验过草原的辽阔，也感受到湖泊的温柔。正如我们一路追逐的梦想之路，它并非一马平川，但总有意想不到的美丽与惊喜在路上相遇，只有坦然向前，才能一路美丽，塑造属于自己的传奇。

塔里木沙漠公路
今朝奇迹大漠变通途
千古梦想沙海变油海

人文南疆，民族瑰宝

如果说北疆的美多源自大自然的瑰丽多姿，那么南疆则以绚烂的文化和浓郁的风土人情著称于世。在这片神秘辽阔的土地上，西域三十六国留下了悠长的历史回音，古埃及、两河流域、印度和中原文化在这里交汇，与粗犷豪放的草原游牧文化创造出谜一般的地域文化。现在，汉族、维吾尔族、塔吉克族、柯尔克孜族等多民族文化相互交融，更为南疆增添了绚丽多彩的风情。

古西域重镇龟兹作为传承东方文化的关键节点，以龟兹石窟、龟兹乐舞为代表，成为新疆地区西域文明的见证和世界文化遗产的重要组成部分，它集印度、希腊、罗马、波斯和中原文化为一体，具有浓郁的地方民族特色。行走在龟兹古城里，看掩映在绿树浓荫下的土屋，色彩鲜艳的彩雕木门与厚重的黄泥形成鲜明对比，却毫不违和，在千年古街中绽放出一种独特的民族风情。阳光灼灼，绿荫为我们消散了部分暑气，当地小女孩展露出的天真笑容如一汪清泉流入我的心田。

继续前行，唐布拉大草原美得让人驻足。湛蓝的天空与幽幽群山相互映衬，大朵大朵的橙色花朵开满山野，与远处宁静的湖泊汇聚在一起，色彩分明，如同一幅绝美的油画铺开在我们眼前。“百里画廊”果真名不虚传，随手一拍就让身为游客的我们成了画中人。

一路向西，我们来到坐落于帕米尔高原的塔什库尔干县（塔县），我国在这里与巴基斯坦、阿富汗、塔吉克斯坦三国接壤，“一县对三国”，又有世界第二高峰乔戈里峰和有着“冰山之父”之称的慕士塔格峰“两峰环绕”。高原明珠在这样独特的地理位置中闪烁着熠熠光芒。在大山的映衬下，这座千年石头城更显得浑厚包容，犹如历经沧桑的扫地僧，收敛了毕生的绝学与锋芒，静时以看破万千的姿态容纳着生命的况味。

旅程过半，恰逢国庆将至。在祖国六十九岁生日之际，身处南疆的我们也决定用一种特殊的方式为祖国母亲庆生，所有人一致决定，前往祖国地图板块的最西边——红其拉甫口岸。历史上，红其拉甫口岸就是古丝绸之路上前往印度、中亚、西亚，直至欧洲的咽喉要道，也是中国通往巴基斯坦的唯一陆路通道。我们一路驱车前行，渐渐地，道路两边出现了五星红旗，每隔约 100 米便出现一抹鲜艳的中国红，红色的旗帜迎着风骄傲地在这片雄伟的白色雪山中飞舞，彰显着祖国的繁荣与昌盛，也见证着中巴人民天长地久的友谊。坚守在边疆的战士们在极端严寒的天气中依旧站得笔直，不惧风雪，如屹立在口岸上方的国徽一样，坚定不移地护卫着我们的祖国。穿着厚厚的棉袄依旧在寒风中瑟瑟发抖的我，忍不住为这群保卫边疆的战士点赞。

因为独特的高原环境，边疆的美景都带着点“冰冷气息”。连绵的雪山银装素裹，即便在夏天，顶峰的积雪依旧终年不化。在巴音布鲁克大草原上，一望无际的茫茫原野与泛着寒光的皑皑白雪在视线尽头交融，成群的骏马在草原上自在漫步，偶尔一两匹跑进雪地，便成了一幅天然的水墨画，更显自然之美不可方物。

南疆之美，美在风情。有人说：“你可以一眼望穿乌鲁木齐的五

脏六腑，但你永远无法看透喀什那双迷蒙的眼睛。”喀什历经千年的沉淀，处处洋溢着民俗风情和古西域特色。其中，高台民居极富特色，它是世代生活在这里的维吾尔族人民智慧的结晶。高台民居依土山崖而建，家族人口增多一代，便在祖辈的房上加盖一层楼，这样一代一代，房连房，楼连楼，层层叠叠，高低错落有致。高台民居墙体大多为土夯，这些随意建造的楼上楼、楼外楼之间，形成了四通八达、纵横交错的 50 多条小巷。生土建筑结构的高台民居在时间的打磨下，大部分变成了危房，居民已经迁至新城区，只有少部分恋旧的居民还继续坚守在祖祖辈辈留下来的老房子里。回程的路上偶遇放学的孩子们，见到我们这群陌生人，他们展颜一笑，眼神清透、天真。我拿出相机询问能否合照，他们也并不拒绝，大方地在镜头面前露出自己洁白的牙齿，又在拍完后俏皮地跑开，一蹦一跳地消失在路口。夕阳西下，泛红的余晖洒落在具有历史感的民居

上，仿佛在诉说着这座城市的过往。

南疆之旅，静看文化沉淀下的人文景观，聆听雪域草原的倾诉，品味不一样的民俗风情。

勇闯阿尔金山无人区

阿尔金山被称为神秘的三无“禁地”，总面积约 4.5 万平方千米，平均海拔约 4500 米，普通人一旦进入，会立即陷入“无信号、无道路、无给养”的与世隔绝的困境。19 世纪西方探险家在游记中就这样描述：阿尔金山这片“禁地”，是“亚洲干旱中心、不毛之地”，是“死亡的土地”……目之所及，这里只有延绵数十公里、寸草不生的戈壁滩和铺着厚厚硝碱，植被极为稀疏的高寒草滩。“心灵在天堂，身体在地狱。”此行完美诠释了这句话。高海拔、低气压、暴风雪、低温、缺氧、孤独、恐惧与危险，都是此行的关键词，当然，还有震撼、惊险、刺激、感动……从进入阿尔金山开始，各种考验便扑面而来。

第一站，阿塔提罕湖。没想到河道阻隔了前行的道路。领头的车是福特猛禽，马力和越野性强，适合前方探路。来到湖边时，已是下午三点多钟，山上的冰在阳光下开始融化，河水慢慢上涨。“猛禽”在河道边来来回回找过河点，几次陷入河泥里，而且一次比一

次陷得深，拖车成了常事。七个小时过去，四周一片漆黑，只听见河水在黑暗中咆哮。领队见状，无奈地说：“今晚河边扎营，就近找一块相对平稳的地方，搭帐篷、做晚饭。”

我喜欢独立的空间，所以选择一个人住小帐篷，其他队友男女一起“混帐”。记得第一次听到“混帐”这词是在沙漠，当时差点把含在嘴里的水笑喷出来。领队老张过来提醒我说：“晚上一个人睡帐篷有危险，随时会有动物出没。”虽然知道老张故意夸大其词吓唬我，但在无人区夜晚的静谧中，听着在大帐篷传来的喘息声和呼噜声，恐惧与失眠陪伴着我迎来黎明的曙光。

第二天过河，领队老张开着他的霸道车尝试着过河，坐在车内的我不禁捏了把汗，毕竟河床的软硬、河水的深浅，我们都一无所知。霸道车陷进了河沙里，拖车几次，轮子都在原地打滑，丝毫不往前一步。突然，“嘣”的一声响，挂钩绳断了，希望与失望只间隔了一秒钟。在被河水困住三小时之后，水位不断上涨，我心里在反复地问：“行程还能顺利进行吗？”转念，又默默鼓舞自己：“这就是探险！这就是穿越！”又一个多小时过去了，在所有车都相继“沦陷”过之后，我们在河的上游找到了相对硬的河床，顺利过河。当时我激动得不得了，把老张的车技连连夸奖了几遍！谁知话刚说完，发现前胎又爆了，只好卸行李、拿工具，补胎。本以为，经历磨难之后会迎来曙光，才发现都是自己的一厢情愿。我们的霸道车坏了，四驱变成了二驱，另一辆车直接罢工打不着火，真是一波三折。

TOYOTA

接下来的几天，我在不停地陷车与拖车之际，欣赏流动的风景。泛滥的美景没给我一点点精神准备，就那样突如其来地把我包围。辽阔的天地大气而磅礴，绵延的雪山就在脚下，动物纵横在其间，憨厚的土拨鼠在旷野间嬉闹，成群结队的藏野驴和藏羚羊在追逐奔跑，互不侵犯，组合成一幅生命共融的图画。然而，我还来不及惊叹就开始惊慌了……一支离队的野牦牛正站在远处盯着我们，我赶紧摇下车窗，兴奋地举起相机准备抓拍，忽然间，准备搏斗的牛角闯入镜头，野牦牛冲向我们的车，并用它尖锐的牛角顶住了车尾。要知道，一头成年的野牦牛身长两三米，肩高 1.3 米以上，体重更能达到 1000 公斤——相当于一辆越野车的重量，更别说一头愤怒的野牦牛会爆发出怎样的能量，想想就让人后怕。所幸领队经验丰富，沉着冷静，用高超的车技将野牦牛甩在身后。还有一次，为了拍到棕熊，我们来到熊经常出没的地方，这里有一片沼泽地。在这里，我真正体验到了什么叫举步维艰、步步为营，生怕一个不小心，车子被沼泽淹没。领队展现了他的专业能力，当所有车都被陷在沼

泽地里，几个小时都拉不出来，车组人员意见不统一等种种状况相继发生时，他依旧沉着冷静，解决了问题。最后，在拍摄到棕熊的那一刻，所有人都觉得风轻云淡了。这就是摄影人的执着和无人区的魅力。

再别，康桥！

卡尔维诺曾说：“一部经典作品是一本即使初读也好像是在重温的书。”那一年，“悄悄的我走了，正如我悄悄的来”闯入了我的心田，像是一朵云轻轻拂过，让我从未如此感同身受。那一年，我十六岁。

二十年后，我走进了康桥，追随那绝美的诗篇，轻轻地漫步在徐志摩的旧时光里，感受着这片熟悉又陌生的土地，恰似昨日的温柔……

诗是感情的结晶，人是感情的俘虏，此刻我像是着了魔，沉入诗中的世界。夕阳金柳，波光滟影，河中柔软的水草……一切的动，一切的静，在我眼前重复展开。料峭的风伴着鸟啼，吹醒梦里花落花开，吹过金柳河畔波光璀璨，吹出了沉默的笙箫与夏虫，吹出了美丽与哀愁……

缘分，是一种不着一丝刻意，从来无需约定的不期而遇。苍老的院墙娓娓讲述着遥远的记忆，带着诗里的款款忧伤……或许，我们都因为一首诗，便成了一个多情客。那些乘着小木舟来来往往的人，心中也定是怀揣着一首诗的美好。心心念念着诗里的故事，才对远方有所期盼。眼前所见与心中所盼交融，几分情景感叹几处不同，大概是康桥最好的赐予。难怪，徐志摩早就看透。得之，我幸；不得，我命。

“走着走着，就散了，回忆都淡了。”

我们爱上事物最鲜妍的模样，初见乍欢，相见恨晚。冬逝春过，夏末秋风，又见香雪入梦。到如今，原来最念当初的样子——天下诗人莫不是最戳痛处，最道真实的人——人生若只如初见，我偏爱那初见的康桥。

或许，徐志摩最爱的便是最初康桥相遇时的林徽因。这一砖一水，悠悠而过的小舟，满是他的眷念，只是后来却承满了他的无奈与哀愁。再别康桥，因为再难回头。最叨念的，只能是曾幸运与你擦肩而过。

“轻轻的，我走了。正如我轻轻的来，我轻轻的招手，作别西天的云彩。”怀揣着年少时对康桥的梦，跨越时空之隔，重温你曾经生活过的地方，此刻心中百转千回，一切的别离都变得悄然寂静。也许只有瞬间才能成为永恒的记忆。仓央嘉措说：“第一最好不相见，如此便可不相恋。第二最好不相知，如此便可不相思。”悄悄地，我走了。正如我悄悄地来，很想潇洒挥一挥衣袖，不带走一片云彩，然而，我还是带走了那片淡淡的忧伤，忧伤里有我，有你和林徽因的记忆……

雨中漫步普者黑

山得水而灵，水因山而活。山山水水的缠绵就像是一幅水墨画，缭绕的烟云不易消散，小小村落在山间静静地定格。

普者黑位于云南省文山壮族苗族自治州丘北县境内，这里远离

South
Africa
the art
of a
nation

括赵同学这个小“哈粉”。因此，我们特意来到《哈利·波特》的电影拍摄现场，参观一幕幕神奇的魔法拍摄场景，也让小哈粉在这所“魔法学院”中欣赏魔法世界的魅力。看着赵同学因为激动而涨红的双颊，我不由得感谢罗琳，感谢她创造的魔法世界，丰富了无数小

孩子和大孩子的心灵。

感谢那位有颜值、有内涵的“绅士”，他用温柔的善意接纳了我们这些慕名而来的异国人，又让我们带着满满的知识与回忆离开。与“绅士”的这次约会，令我久久难忘。

沧海一声笑

体验过广袤的大海，穿越过高原的雪山，流连过温柔的水乡，在一次次的自我挑战之旅中，我又对大漠黄沙之中的神话着迷了——死亡之海、彭加木失踪、楼兰古国、移动的湖泊、黑风与流沙……它是“上无飞鸟，下无走兽，复无水草”的诡谲荒地，又是孕育着异域文化，又连通文化经济大繁盛的古丝绸之路。这片复杂又神秘的大漠深深吸引着我。终于，一把古琴，一部相机，揣着一颗忐忑的心，我踏上了与漫漫黄沙为伍的敦煌之旅。

一路奔波，我终于来到无数文人骚客笔下的玉门关，被“明月出天山，苍茫云海间”的辽阔场景所震慑，也被“吹度玉门关”的万里长风所侵扰——由东北吹来的冷冽寒风卷起细细的沙砾飞扬在半空中，不断拍打着我的身体，空气都带着颗粒感。我不得不从头武装到脚，走在碎石路上，脚步踩在石子上嘎嘎作响，猎猎风声似乎在向来人吐露心声，为我们即将踏上的罗布泊之行平添了几分悲壮。

7 位团友，4 名后勤，3 辆越野，1 辆皮卡，就这样，我们一行 11 人便朝着有“无人荒漠”之称的罗布泊前行。这是一次大胆的冒险之旅，毕竟即使是经验老到、有充分的后勤补给的户外探险者，也无法百分之百保证每个人都能安全穿过这片“死亡之海”。当然，野性的神秘固然吸引人，但生命同样值得被尊重。即便准备充分，路途依然充满艰辛。行程第 2 天，3 辆越野车就相继在库姆塔格沙漠腹地沦陷，唯一一辆满载补给保障的后勤车也出了故障。广袤空旷的戈壁沙漠一眼望不到边，天空中毫无飞鸟的痕迹，除了漫天飞舞的黄沙，这片大漠再也看不到生命的痕迹。在这样杳无音讯、与世隔绝的大漠，四个“大家伙”还相继“闹脾气”，没有其他支援，没有修理厂，也没有 11 个人以外的其他帮手，大家齐心协力，有拿铁锹挖沙的，有使劲推车的，还有拿着工具维修故障车的……待车辆终出困境以后，众人皆是灰头土脸、筋疲力尽了。领队大哥重新探测了地形与风向，决定就近扎营，让所有人能够好好补充体力。夜晚，小小的帐篷隔绝了寒冷，却止不住呼呼的风声。我浑身疲惫地躺在帐篷里，感慨着这趟旅途的不易。大漠的悲壮在这样的夜晚中显得别样深刻，想着领队靠指南针和太阳辨别方向时的艰难，我才深深领会到穿行罗布泊的不易。想到曾经遇难的彭加木、余纯顺等人，后怕的同时，又惊觉自己无端生出的强烈勇气。就这样，在思绪混乱中，我进入了梦乡。

次日，车轮无数次偏离后，又穿越了无数相似的沙梁、盐壳，

我们终于来到罗布泊的湖心处。如果说荒漠是大地裸露的胸膛，那湖心便是胸膛中炽热的心脏。漫步于湖心，四面环顾，车辙留下的一条条纹路似乎是包裹胸腔的肋骨，撑起了整个罗布泊。我神思恍惚，似乎已经用心眼看遍了这片大漠的轮回变迁。沧海桑田，亲耳听到罗布泊不竭的呐喊，以及声声呐喊中深藏的痛苦与无奈，莫名生出了一股世事变迁的悲凉。

扎营于罗布泊边。是夜，浩瀚密集的星群在罗布泊上空熙熙攘攘，争相竞辉，和落日时的悲凉竟是两种截然不同的风景。残阳如血，夜晚的星子却又纯粹皎洁，将漆黑的夜空装点成另外一个世界。

端坐在帐篷外，仰望星空，浩瀚银河流淌，仿若千年不变，似乎带领我回到了千年前。直到深夜呼呼的风裹着大量黄沙席卷而来，才打断了我星空下的遐思。来不及回过神，跳着舞的风柱便袭向我，我只好带着满脸满身的沙尘灰溜溜地躲进帐篷，在帐篷里暗暗和黄沙较劲，不多一会儿就睡着了，在黄沙中又度过了一个不寻常的夜晚。

历经万难，跨越千险，我们终于成功穿越了这片耸人听闻的无人区，安全跨过了罗布泊，深深感受到大漠的神秘与奇险，用挑战拓宽了生命的宽度，磨砺了自己的身心，获得了心灵的洗涤与精神的升华。逃离大都市觥筹交错的饭局，跑到无人的荒漠泡一包方便面，在干硬的面条中吃出了人间美味；拒绝喧嚣热闹的 KTV，携一把古琴，于大漠中，于峡谷间，于广阔天地下，感受音乐最纯粹的魅力，铮铮琴声中，体味潺潺之意，让琴声自然飘散。从容淡泊，自由随性，竟能忘却一身疲倦，只感到周身的快意。

这一趟罗布泊之行，曾惊过惧过，悔过累过，但更多的是快乐过，感叹过，自由过，升华过。这一次洗礼让我对旅行有了新的认知，更感慨于大自然别样的魅力，在困境中从容，在逆境中笑着面对，何尝不是一笑置之，人生就应该有这样的旅途体验，才能从容发出沧海一声笑。

浪漫之旅

法国和意大利对我而言有故地重游的浪漫意义，因为那里曾经是自己蜜月旅行的地方。本次前往是应大肥舅舅的邀请，赴意大利参加他的女儿 JoJo 的婚礼。

飞机在第二天早上抵达法国戴高乐国际机场。此行的第一站是巴黎塞纳河。一直觉得，河流赋予一个国家和民族的灵魂，就像长江和黄河孕育出灿烂的华夏文明和中华民族的豪迈。塞纳河也是法国的母亲河，她见证了法国的诞生、演变与发展。河上的每一座桥梁都印着历史的烙印，勾画出巴黎的辉煌、骄傲与浪漫。船上有乐队演奏，坐在船沿，吹着夏季的风，哼一段曲子，舒适地望着两岸的风景，可随时邂逅一场时尚、浪漫、唯美的欧陆风情。

这些年养成了行走的习惯，喜欢参观当地博物馆，以便快速直观地了解该地区的历史文化。浪漫的法国之旅，卢浮宫是必须打卡的地方。额外的惊喜来自佛罗伦萨的乌菲兹美术馆，那里收藏了欧洲文艺复兴时期的大量艺术作品，有“文艺复兴艺术宝库”之称。真想待在美术馆，花上一天、一周，甚至一个月的时间，探索从古至今的艺术杰作，仿佛永远看不到尽头。可惜我们的时间非常有限，

而且游客喧闹，参观时只得时刻提醒自己沉下心。漫步画廊，穿梭在文艺复兴建筑风格的立柱间，心随画走。时不时在某幅作品前驻足，时光回溯，试图从一幅幅作品中还原璀璨时期人类创造的美与艺术，在无言的艺术世界里，我似乎找到了答案。

浪漫是一种味道，它需要红酒的发酵，一杯忘世忧，一杯续前缘。坐上巴黎的高铁，下一站波尔多。2 小时车程抵达波尔多高铁站，一名华裔女子接上我们。坐上汽车行驶在波尔多的乡间道路，我望向车窗外，眼前是一片葡萄的碧波海洋，风格各异的古堡与酒庄、葡萄园构成了波尔多这个醉人的城市。汽车慢慢减速，我们来到了达索家族酒庄。达索酒庄由弗戈家族于 19 世纪中期建立，占地 29 公顷，一棵棵百年老树诉说着庄园的演变。达索家族最早从事经营飞机产业，因此酒窖室的通道设计非常有趣，地面嵌入了飞机跑道灯，微弱的灯光照亮了幽暗的通道。酒窖内的橡木桶整齐排列，已装瓶的成品依年份与葡萄的品种分别摆放，一瓶接一瓶靠墙码齐。时光落下了厚厚的一层灰尘，仿佛走着走着就能穿梭古老的时空。“葡萄美酒夜光杯，欲饮琵琶马上催”，放慢旅途的步伐，大家举杯对饮，言笑晏晏。酒过数巡，醉一场，梦醒时，继续前行。

意大利是一个为爱情而生的国家，许多脍炙人口的爱情故事都以这里为背景。JoJo 选择的结婚地点位于该国与瑞士交界的马焦雷湖。马焦雷湖是意大利第二大湖，湖长 66 公里，湖面面积 212 平方公里，平均深度为 175 米。蓝绿色的湖水和湖中小岛上独具风格的建筑让马焦雷湖成为曾经的贵族及艺术家休闲度假、寻找灵感的地方，歌德、海明威等诸多名作家都曾来此度假，拿破仑、日本天皇、英国王室成员也曾在此逗留。我们下榻的酒店有“布达佩斯大饭店”式的传统奢华风格。因为我一直有健身的习惯，所以行李箱内会保留运动装备，到房间放下行李稍作休整之后，我就来到湖边环湖跑步。

第二天中午，JoJo 的婚礼在马焦雷湖畔举行，马焦雷湖的景色赐予婚礼额外的亮色。乘满爱情的白船划过清澈碧蓝的湖水缓缓而来，船上坐着一位曼妙的新娘，她在父亲的牵引下登上了金色的湖岸，新郎把戒指戴在新娘的手指上，琴童弹奏一首《梦中的婚礼》，曲调如同天籁。爱情与天地、自然一起共舞，新人与宾客觥筹交错，亲切互动。喜悦气氛延续至夜晚，烟花璀璨；湖边微风徐徐，伴着花香。新人举杯相交，充盈浪漫的情调，空气中都是甜蜜的味道。

浪漫是一种感受，一种体贴的、有温度的情怀，一种向美而生的生活态度。浪漫源于生活，它就藏在我们的日常生活中，一双能发现美的眼睛、一颗细致温柔的心皆为浪漫。浪漫是一次美好的旅行，那些遇见的人和事，那些蓦然回首时的幸福，在不经意间出现，又不经意地镌刻在我的记忆深处。

斯里兰卡遇恐怖袭击

如果不是文化参访，我暂时是不会计划行走斯里兰卡的，虽然世界很大，但毕竟假期有限，而且始料不及的是命运又一次接受了世事无常的考验。

斯里兰卡是一个位于印度洋上的岛国，书上形容，她是印度洋上的一滴眼泪。为何用眼泪来形容？出发前做了功课，查阅斯里兰卡的历史，突然发现，这不仅仅就是地理位置、形似泪珠的简单比喻，王朝兴替、宗教传播、殖民掠夺、民族复兴……信仰与历史共同造就了今天的斯里兰卡，她的魅力在于前世与今生满足了所有踏入这片土地的人们的探寻欲望。

2021 年 4 月 19 日，我开启了这段火车、红茶、圆煎饼的旅途。原计划下榻的酒店是科伦坡的香格里拉酒店，经朋友推荐临时更改为比较休闲的马里诺海滩酒店。冥冥中的安排，无意间的举动，让我们与恐怖袭击擦肩而过。在我们入住酒店后的第二天那个复活节的早上，香格里拉酒店发生爆炸，附近多处地方也发生连环爆炸事

件。突然间，一些本来很遥远的新闻事件从屏幕的那头跳到了我的眼前。历史又开始重演，文明的秩序似有似无。

文化参访是工作，所以没有临时取消。接下来的几天，我在酒店及街上目睹了整个城市满街军卡的景象，夜晚空气都凝固着“宵禁”气息，深刻体会到什么叫“人生永远不变的，就是每天都在改变”……就在斯里兰卡全国哀悼日的晚上，我起笔写了下面的文章：

“斯里兰卡的天空呢喃着为亡者超度的诵经，电闪雷鸣。在一个有信仰的国度，善良突然变成了传说。美丽的印度洋上，传出了一阵阵的防空警报！这不是军事演习，而是正在升级的紧张形势……

“开始我不知事态的严重程度，直到该国的一位朋友提醒，才知道目前形势有多严峻。据说今天已经在首都科伦坡发现了六辆装满炸药的汽车，情报局也收到消息，恐怖分子接下来还会有其他行动……入住的酒店里，多了一些扛着摄像机的记者办理入住，国际刑警组织也已经介入协助调查。走在酒店附近的大街上，一些小店关门停业，商场增加了安检，每约 100 米便设有一位警察站岗。酒店门口也增加了警察，客人进出需要安检并出示房卡。就在此刻，附近传出了枪响，直升机在空中盘旋，各种不安全的因素在周围环绕，陡然将气氛推向白热化。

“然而，在完全不知晓下一刻命运的惶恐里，当地人们的脸上却没有恐慌，生活一切如常。

“一个微笑的民族已经度过了疑问期、恐惧期和抱怨期。或许因为无奈已经麻木，但我更愿意理解为悟——看透一切苦难。

“据说，中国的安全系数全球最高，对此我深有体悟。我们深受着祖国的庇护，享受着安宁的生活，是祖国的强大才有今日的现世安稳。我们并非身处在一个和平的年代，只是生活在一个和平的国家，这在世界许多国度，依然相当奢侈。

“今天是斯里兰卡全国哀悼日，我和周边人都身穿白衣，为所有人祈福。愿爆炸不再发生，愿人们安好，愿这个微笑国度能被温柔以待。”

2019 年 4 月 23 日

于科伦坡

一夜消失的神秘古国

——古格

谁能看透你的过往，那些灿烂、辉煌；谁能穿越这无尽的残垣，拾起被遗忘的时光……七百年的灿烂历史在一夜之间灰飞烟灭，沧桑巨变，如梦如幻。

古格遗址静静地屹立在呼啸的黄沙之中，像象泉河畔边一位未被打扰的战士，孤独沉寂，不怒自威。古格王国遗址是一座高原古城，位于阿里札达县札布让区象泉河畔的一座土山上，任凭狂风肆意撕扯。荒凉无尽的风沙日夜磨蚀，将它那沟壑纵横的皮肤和满目疮痍的脊梁毫不遮掩地暴露在世人面前。站在遗址脚下仰望，屹立在高原土山上的古格王朝遗址，依山迭砌，直逼长空，气势恢宏。这座经历过十六位世袭国王，拥有过十万人之众的庞然大城，却在一夜之间轰然消逝为一座空城，给后世留下一个无解的谜题。

据传，古格王朝的最后一任国王赤扎西查巴德本可与前来进犯的拉达克军队抗衡，可仁慈的国王为了他的子民不受苦难，主动选择投降。国王的仁慈之举非但没有使他的子民免于火海，反而给

国家引来灭顶之灾。我双手合十，但愿死者往生。我想，国王赤扎西查巴德一定为自己的决定而悔恨不已，最终为了赎罪他选择坠崖而死。

皇宫伫立在山顶，虽然早已颓败不堪，但气势依旧壮丽雄伟。站在顶端放眼望去，远处的雪山仿佛连接天宇，再低头看看脚下的古格王朝遗址，当真是人非物非。日暮沉沉，古格在夕阳的映照下镶上了一层金边，显得神秘而庄严，那是告慰它曾经的辉煌……

千年寂然——西夏王朝

一个消失的王朝，一段失落的记忆，在故纸中显露，在废墟中被发现。它就是西夏王朝，一个曾经辉煌却落入沉寂的国度。

“西夏王朝”不仅仅指旧日王朝辖下那片广袤的地域，更指一段在千年时光里积淀的精神秘窟，代表一个被遗忘的传奇，它的前

身后世都被蒙上了巨大的谜团。

一股神秘的力量促使我策划了此次“西夏王朝”之旅，我任团长，女儿任副团长，吴霖任团员。走进一个消失的王朝的心脏，触摸这个王朝曾经闪现在中国历史中的光荣与梦想。沿着史料堆砌的台阶攀爬，渐渐地，我发觉自己步入了一个巨大的历史城堡，穿越一个由草原、战场、遗迹、古墓、寺院、雪山、沙漠、洞窟、经卷以及由许多抽象物构筑的精神隧道。富庶的宁夏地区给西夏王朝带来充足的物质基础，也成为这个王朝强大进程中的一剂催眠针，让它由鼎盛走向衰微。

西部沙漠的美是极具震撼感和冲击性的，这样的美感超乎我的想象。从巴丹吉林沙漠中的树影婆娑、水面微澜，到鸣沙山下风吹沙不落的月牙泉奇景，大美无言的西部沙漠展现出生命的巨大奇奥。换乘吉普车后，我们向腾格里沙漠驶去，第一次体验沙漠冲浪的女儿点评道：“比坐过山车还刺激。”大约半小时之后，女儿从刚开始的兴奋渐渐变得沉默，吴霖最后也忍耐不住，胃部开始翻江倒海……

月亮湖位于腾格里沙漠腹地，是天然湖泊。据地质考察，它已存在 6000 万年了。由于湖水形状如同镶嵌在沙漠上的月亮，故名月亮湖，蒙古语名为沙拉诺尔湖。在蒙古族人们心中，太阳和月亮被尊为“神”。

月亮湖是神奇的，轮廓清晰可辨。鸟瞰整座月亮湖，湖面一半靛青，一半墨蓝；湖水一半苦涩，一半甘甜，二水互不相容，泾渭分明，界线如刀割般整齐。月亮湖是诗意的，毫无保留地躺在大漠的胸怀里，具有无可比拟的澄澈、韵美、灵动。她是娟秀静女，光艳可人，却不飞扬妖冶；她璎珞矜严，静静地悉数着腾格里的飞沙流雨，日月星移。夜晚的湖水幽暗，更显深沉，焰火蓦地在夜幕中戳破一个大洞，打破了这份宁静，火花在夜空肆意地绽放……

告别腾格里沙漠，我们在地陪的热情邀请下，游览了银川的几个热门景点：西夏王陵、贺兰山岩画、沙湖、镇北堡西部影视城……站在熙攘的游人中，时间似乎将我从寂寥的历史中拉回，这份人间烟火气像一条涓涓细流，渐渐浸润了我。那一刻起，我放下执念，决心好好看看脚下这座小城。

走进银川，你会发现这座背负着千年神秘历史的城市竟然如此鲜活、热络，完全打破人们固有的沉寂、荒芜的印象。银川被称作“塞上明珠”，融会天时、地利、人和，大西北把这座小城宠得像捧在手心里的一颗明珠。黄河冲积平原为它带来肥沃的土地和灌溉水源，磅礴的贺兰山脉为它阻挡西伯利亚的寒流和腾格里沙漠的风沙。这里农牧业发达，湖泊众多，风景优美，物产丰富，因此又被人们称作“塞上江南”。

宁夏是少数民族自治区，常住人口中约 35% 是回族，街上随处可见清真餐厅，各色回族小吃让人留恋。清真寺掩映在楼宇之中，显出别样的庄严和宁静。每逢古尔邦节，人们其乐融融，共同庆祝……正是这样和谐、自然的共处，造就了这座小城的繁荣和安宁。神秘的历史、高速发展的城市建设、特色美食、亲民的物价、朴实的居民都为这座城市源源不断地注入活力和能量。

弹指一挥间，浮浮沉沉，皆为序章。珍惜眼前人，才是世间最要紧的事。

珠峰之约

在懵懂的童年，我就听说过一个遥远的地方，她是地球的最高点，印证了史前文化的痕迹，青藏高原隆起，喜马拉雅耸立。万亿年的时光；她弹指一挥，飘散的浮云诉说着冰川的形成与消融，目

睹了史前生命的诞生与灭亡，见证人类从石器时代进入信息时代。

童年时留下飘渺的记忆，又在七年前的西藏阿里之行时与她擦肩而过。记得在定日县时，队友指着左边说，往前走就是珠穆朗玛峰。我从车窗看到指引路牌上标示着“珠穆朗玛峰”，突然间从渺茫的思绪里惊醒。梭罗曾经说过：“你半生一直寻而不得的东西，有一天你会和它对面相逢，得窥全貌。你寻它像寻梦一样，而你一旦找到它，就成了它的俘虏。”

时间是一条河流，七年的日子里用脚步丈量祖国大地，穿越无人区和沙漠，坚持健身房体能训练两年，最后鼓起勇气奔向世界之巅。

飞机准点在机场降落，从正常海拔一下到达海拔 3200 米，心里嘀咕着又要开始受高反的罪，还好自己是一个喜欢挑战、直面困难的人，所以痛并快乐着。

出发前，东姐给我打电话：“这次不比转冈仁波齐，你要考虑清楚，身体能否适应高海拔，体力能否承受极限的透支。”我回答：“在自己不惑之年，在自己还能选择的时候，我想挑战自己。”

到达指定集合的西藏圣山登山文化大本营（宾馆）之后，联系登山学校的普布，他是我们此行的队长。详细了解行程、路上注意事项以及将会面临的风险之后，我提出了自己的行程需求。在第二天吃饭的时候，听到大本营工作人员介绍普布的英雄事迹，才知道他是当地人眼里的登山天才，15 次登顶珠峰，创下了国内第一个无氧登顶珠峰的纪录，同时刷新了中国人在珠峰山顶无氧停留 150 分钟的最长时间纪录，2008 年参加北京奥运会珠峰火炬传递，2020 年参加中国珠峰高程测量，他在珠峰山顶竖起觇标的照片由新华社发布，被全世界各大媒体转发。萧寒导演纪录片《喜马拉雅天梯》，他是影片的主人公之一，被誉为“喜马拉雅之子”。普布为人低调质朴，不善表达的他总是默默地认真做事，不卑不亢，性格如冰川般坚韧阳刚、通透洁白。

酒店休整时，我感觉头疼剧烈，熟悉的高反开始光临。队友“徕卡”看着我状态不好，拉着我做适应性训练，步行到布达拉宫附近的酸奶坊吃酸奶，在八廓街茶馆要了一壶甜茶，坐在二楼窗边，安静地看着热闹的街景以及藏式楼顶飘扬的风马旗。想起七年前在玛吉阿米酒馆留下的诗行，那些曾经留下的文字已经找不到了，就像此刻的拉萨，有些许遗憾。人们心中的净土，已变成了商业都市。

用手拂去窗台的灰尘，笑自己执见。何为净土？何为灰尘？如若心中无物，又怎惧“何处惹尘埃”。

经过三天的体能训练，身体已经适应拉萨的海拔。然而从拉萨出发到日喀则，在定日县经过海拔 5200 米的垭口时，我头疼剧烈，呼吸困难，胃开始翻江倒海，高反又一次降临。心里暗自担心，用手指按压虎口穴位，害怕因为自己的原因影响队友的行程。到达白坝村酒店（海拔 4300 米），头疼冒冷汗，看见酒店的床就想倒下，强迫自己行走调整状态，身体如游丝般小心踱步。晚上，吃了几口米饭，普布怕我受寒，给我拿来他的羽绒服，队友送药拿行李，“图图”嘘寒问暖，林哥和蒋哥陪着我做适应性的调整，我们一起在白坝村的街头行走，每个脚印都凝聚了彼此丰盈的记忆。

这些年穿越无人区，行走沙漠，自驾西藏，游南北疆。有些人不明白，为什么我总喜欢去危险的地方？也有人说我的旅行是一种自残。我是一个热爱生命的人，珍惜生活中的一切人、事、物，但人生无常，危险无处不在，化险为夷的前提就是拥有直面危险的勇气，具备生存的能力。生命需要向上的力量，生活才能举重若轻，波澜不惊。

从定日县出发，高反就不离不弃相随。翻越加吾拉山时，有著名的 108 拐，每一拐都是近乎 180 度的大转弯。摇晃中到达珠峰高程测量纪念碑，这里是游客能到达的最高处。柏油路也在这里终结了，再往前，都是“搓衣板路”。七八公里道路，两旁山体多落石，翻过一两座山坡，就看到了绒布河，沿着绒布河一直往上就抵达了向往已久的珠峰大本营。我瞭望躲在远处云层里的珠穆朗玛峰，她像女神，带着某种神秘的力量吸引着我。

通往珠峰大本营的路上，有四个检查站，游客须在第三个检查站换乘景区的电动大巴前往绒布寺，去往珠峰大本营的车辆，都要向当地政府报备，并且持有通行证。到达珠峰大本营（珠峰核心区），新的海拔高度为 5200 米，我又变成初到拉萨时的状态，甚至更加严重，Z 字形飘着走路，蹲在垃圾桶旁边呕吐不止，眼帘不听使唤地下垂。闭上眼睛的那刻，我想到了生死，黑暗与光明的瞬间，好像看到去世多年的母亲，我在慢慢地向她靠近。

普布把我叫醒，带我去医务室测血氧，结果血氧含量 48，心里有些紧张。血氧饱和度过低会导致器官缺氧，特别容易对大脑造成损伤，严重时有生命危险。之前转冈仁波齐，为了使身体更快适应高反，我坚持不吸氧，但此刻戴上氧气罩，我贪婪地吸了起来，因

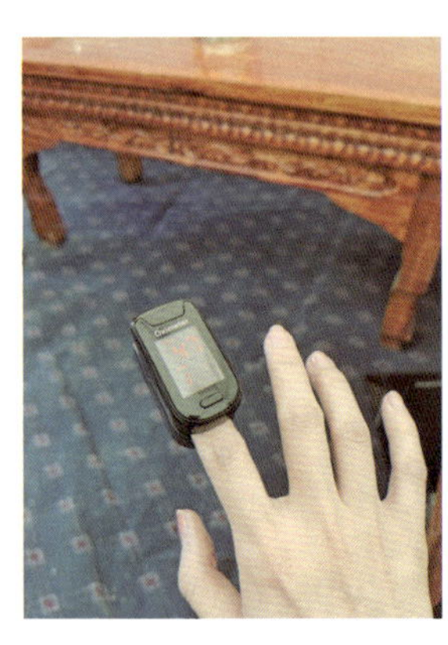

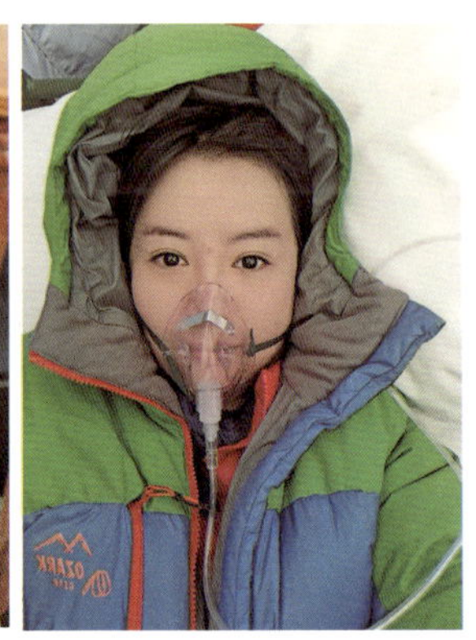

为身体实在是太难受了。在医务室吸了氧气，半小时之后才开始缓过来，医务人员嘱咐多喝水。从大本营的洗手间到帐篷要走一段路，在海拔 5200 米的零下室外，上洗手间对我来说，是倾尽了“洪荒之力”。

大本营的深夜冰冷刺骨，温度低至 -20℃。我全身包裹严实，两件羽绒衣和两条羽绒裤，依然感到寒冷，身体不停地颤抖。躲进单人帐篷，钻进放着暖宝宝的睡袋，瞬间感觉回到了母亲的子宫，温暖中带着安全感。遵循“抗高反要晚睡”的原则，普布三次走入帐篷把我叫醒，让我去大帐篷跟大家一起聊天。实在太冷了，从睡袋里出来需要很大勇气，我做了大约半小时的思想斗争，依旧一动不动，最后还是普布把我从睡袋里拉起来。心里很不爽快地钻出睡袋，身体像树懒一样，用半小时慢动作穿羽绒服、羽绒裤。五月的夏日，我像外太空的宇航员，架着笨重的身体缓慢行走。

夜里 11 点半，风把帐篷吹得左右摇摆，我钻进了睡袋但头痛无法入眠。凌晨 3 点是一天中气压最低的时刻，瞬间感觉喘不上气来，拼命用嘴巴大口地吸气，拉开帐篷通气，却吸了满嘴的冷风。透过帐篷的缝隙，我看

到了云层中星星闪烁的光，如果光的意义是温暖周围的夜色，那么黑暗中流下的眼泪就代表内心的思念和恐惧。慢慢打开头灯，借着微弱的光寻找药品救心丸和高原安。

天亮以后，气温回暖了一点，但揭开睡袋的一瞬间，冰冷的空气还是让我禁不住打了个哆嗦。开始起床，慢吞吞地穿衣服，穿上鞋子走出帐篷，在刺骨的寒风中洗漱。生命需要有韧性，之前普布叮嘱不能洗脸，以形成防晒防冻的保护层，至今已有六天没有洗脸了，远离人类活动的聚集地，靠近大自然，回归原始的真实美。

10 点钟左右，太阳从山顶露出来了。不一会儿，大帐篷的温度就变成 15 摄氏度，中午的温度达到 34 摄氏度，闷热不透气，队友们穿着短袖，热闹起来，有的喝着手冲咖啡，聊天，下围棋，跟昨夜大帐篷里的清冷形成鲜明对比。普布召集大家集合，开始在大本营周围徒步进行体能拉练。走出大本营，近距离接触珠穆朗玛峰，眼前除了堆满的大小的石头，找不到其他生命体。几个小时的徒步，精力和体力都已透支，找了一块石头坐下，安静地看着对面的珠峰发呆，问自己：“为什么执着于徒步珠峰？”

第二天，是去上绒布寺体能拉练。因为头天晚上基本没有睡觉，我嚷着高反加重不参加。普布很严厉地回绝后，拉着我坐上通往上绒布寺的中巴车。上绒布寺是宁玛派弘扬者印度高僧莲花生大师修行的圣地之一，它坐落在珠穆朗玛峰脚下，是世界上海拔最高的寺庙。寺庙分新旧两处，旧寺（上绒布寺）位于新寺以南 3 公里处，院落更小，海拔也更高，寺庙里保存着莲花生大师当年的修行洞、印有莲花生手足印的石头、石塔等文物。僧人阿古桑杰是寺庙里唯一的喇嘛，他独守在空寂的寺庙里已经有二十余载，每年攀登珠穆朗玛峰的队员都会在到寺庙里祈福，阿古桑杰喇嘛会为队员们点上一盏酥油灯。非信徒的我以完成任务的心态三步一歇地爬上了上绒布寺，队友们去朝拜莲花生手印时，我找了一张石凳安静坐下。在这座千年的古寺里发呆，你能清晰地感觉到自己的存在，也会明确地感受到身心俱无的虚空。人活着究竟是为了什么？情不自禁地问自己。是为了某种不可言说的信仰，又或者仅仅只是为了一种简单的存在？回过神时，发现林哥也安静地坐在石凳上，他若有所思的模样，侧影像拉斐尔笔下的一幅油画，我注视他良久。

太阳落山，帐篷里又迅速下降到昨夜的温度，我的高原反应越发变本加厉，体力也迅速消耗殆尽，身上穿三件羽绒服也感觉比昨天冷很多，普布帮我测血氧，检测仪读不出任何数据，我在失温中渐渐失去知觉。恍惚中，仿佛看到母亲朝我走来，她身上散发五彩霞光，剔透、绚丽、温暖，我贪婪地躺在母亲怀抱里，久久不愿睁开眼。普布不停摇晃着我说：“不能睡觉！”意识苏醒在生死之时，更深层次的自我由模糊逐渐变得清晰。透过所有的脆弱，我在内心深处看见流淌的是一种爱的本能，是一种超越自我和关心他人的责任，来自生命底层爱的呼唤，让我艰难地睁开了眼睛。

人体内的每个细胞都要依靠氧气才能存活。一般，人体每天要吸入约 500 升氧气，但在海拔 5000 米高的山上，能从空气中获取的氧气只处于基准海平面上的一半，因此容易出现“高原反应”，最

初表现为头疼、恶心以及呕吐等症状，如果得不到及时救治，很有可能迅速发展成可怕的脑损伤、肺水肿，甚至导致死亡。为了安全，我被下撤到珠峰脚下扎西中村，住进藏胞家庭旅馆休养。海拔下降到 4200 米，身体瞬间恢复正常，耳边没有大本营狂风的嘶鸣，土木结构的房子也不会再摇晃。躺在铺有电热毯的床上，我在失落的心情下问自己：人在什么情况下才应该选择放弃？

行走世界之巅

每个人心中都有“一座山”，虽然它们的高度不同，但面对困难时，如果一个人选择就地屈服，那么他注定只能是弱者……

决定重返珠峰大本营，一路都让我很兴奋，这种愉悦无法用言语来表达，它是在经历对生命思考之后重新确定自我价值和迎接自然的挑战。到达大本营，随队医生为我进行了身体检查，血氧饱和度 65，以目前的身体状况一定是无法走到海拔 7028 米的北坳营地的。“随缘，走哪儿算哪儿。”我心里想着。

前两天在大本营重新进行体能拉练，我对征途的艰险有了更清醒的预料。在海拔五六千米的高地上爬行，不只是体力够不够的问题，身体和心理都要经受极端考验，偶尔还会担心自己是否能扛得住。检查个人装备，队伍开始出发，没走多远，我就被抛在队伍的最后面。缓慢地向珠峰的方向前行，享受着在人迹罕至处，与自然为伍的自在感。向导在前方等我，他手持对讲机用藏语跟普布对话，也许普布是在询问我的身体状况。向导放下对讲机之后从我身上接过背包，对我说：“我们必须加快速度，天黑之前要赶到过渡营地（海拔 5800 米）。”我加快了步伐，没走多远，就突感一阵令人窒息的头疼，找一块石头坐下休息。向导把我拉起来说：“到前面休息，这里会有石头坠落，太危险。”我抬头一望，山崖上遍布乱石，每一块似乎随时都可能掉下来，时不时有几块小石头从我面前飞过。我转身对向导抱歉地说：“不行，我走不动了。”向导好像没有听到似的回答：“前面就可以休息了。”我无助地调整呼吸，步伐跟着心跳的节奏，慢慢走 3 步，又在心里说，试试再走 5 步……就这样一步一步向前走，忽然眼前的场景特别熟悉，仿佛回到 7 年前转冈仁波齐的感觉。

夕阳的光线渐渐暗下来，珠峰的金顶一点点在眼前消逝。静默良久，风声、石头移动声……无数种声音提醒我正置身于自然界中，生命被虚空包围，生活中一些理不清的情节、刻骨铭心的事，在安静地行走时串连成清晰的生命线，内心的疼痛让我潸然泪下。疼痛过后萌发灵魂轻盈的喜悦，触摸到事物背后隐藏的真实感，像走出洞穴，从苍白的影子看到生命的本色。更深刻地意识到在亿万年雪山和石头面前，人类十分卑微和渺小，而自己什么都不是，顶多就是飘浮在苍茫天际中的一颗尘埃，最终落定归土。

记不清自己是怎么到达过渡营地的，只记得当时身体冻得直打冷战，意识模糊时自己迈开每一步的艰难，内心在放弃和不放弃之间的抉择，反复锤炼意志力，知道胜利就在最后而坚持的那一步。躺在过渡营地的帐篷里，虽然头疼、呕吐，全身瘫软无力，但内心

感到幸福，因为今夜我躺在了人生最高的地方，近距离感受来自母亲的温度。想起小时候跟母亲在电视上一起看攀登珠峰的纪录片，问母亲：“他们为什么要登上珠峰？”母亲回答：“因为那里离天堂最近。”我又问：“天堂里有什么？”母亲回答：“天堂里有爱……”

帐篷的四周一片黑暗，万籁俱寂，远处的星星闪烁着世间最洁净的光，那一刹，我相信天堂的存在，而我耗尽半生精力、勇气，从沿海到大山，从低谷到高峰，只为寻觅此刻。瞬间怆然涕下。

经历 15 天，行走世界之巅，到达珠穆朗玛峰过渡营地。返回的路上，在梦境与现实中徘徊，在沉默中思考自己的存在。从出走到回归，站在生命的最高处，用全新的“自我”洞察熟悉的事物，在放下内心执念那刻，恍然大悟，泯然一笑，对自己说：活明白了！

卓奥友攀登，感谢给予我一个彪悍并不断进取的人生

林菁

一生很短，不过晨暮与春秋，总要有些向往，有些挑战。于我而言，高山便是那个向往。疫情当下，工作与生活都按下了暂停键，几乎所有的马拉松赛事和户外运动都被叫停，但攀越高山，挑战自我，像一团不灭的火焰一直在心中跳动着……

一、念念不忘，必有回响

2022 年春季过后，意外收到西藏雅拉香波探险公司（国内唯一被批准可以组织攀登珠峰的公司）的通知，国家体育总局批准春季攀登卓奥友峰（海拔 8200，世界第六高峰）。接到通知先是惊喜，继而忐忑不安，因为自己日常锻炼很不系统，体能与心理都没准备好。而打击也接踵而来，在做报名前的体检时，意外发现患有严重的心律不齐，已经存在运动风险，更不要去挑战对体能要求极高的雪山攀登、马拉松等极限运动了。

怎么办？难道一生的梦想就这样放弃？非职业运动生涯就此打住？我说服不了自己！也许是上苍的眷恋，在国内心脏名医的治疗与调理下，两个多月时刻被心电记录仪监控，每次监测数值都让自己战战兢兢。终于在 4 月中旬我的心脏与血压恢复到健康状态。

出发前北京的疫情忽然严重了，原定 23 日下午北京飞拉萨的航班取消，自动改签到 24 日，担心会有其他不确定因素，我毫不犹豫改签到 23 日上午。经过简便的核酸检测手续就入住拉萨登山学校，与教练队友们见面了。

二、奔赴西藏：接受心灵洗礼

西藏，总有让人念念不忘的力量，似乎，只要抵达过西藏，余生就会奔赴在回到西藏的路上。当你踏上西藏的土地，感到头昏目眩、呼吸困难时，进藏的意义就开始体现出来了。晚上依然因高反彻夜难眠，但是明显比上次同期状态好很多。是的，体验过缺氧的感觉，我们也许就会对过往生活中许多看似普通的事情心怀感恩了。

4 月 23 日到 29 日将近一周的时间，适应环境、体检、参观次仁切阿雪山博物馆、礼佛。一次训练回来，意外发现双脚打泡了，这双鞋可是去年随我攀登珠峰北坳的意大利名牌，只好立刻让家里快递国产凯乐石的徒步鞋，后面这双鞋一直陪伴我完成后期的大强度训练。这也说明了一个道理，适合的才是最好的！

参观次仁切阿雪山博物馆，能感受西藏同胞对高山和信仰的热爱和敬畏；在日喀则扎什伦布寺，晨钟暮鼓惊醒世间名利客，经声佛号唤回苦海迷梦人；在协格尔曲得寺，又一次感受到藏传佛教格鲁派教义的深厚和当地百姓的平和。看他们虔诚且简单到极致的生活方式，会让我不由得深思。

三、挺进大本营：魔鬼训练进行时

4 月 30 日，向海拔 5200 米的珠峰大本营出发，圣山用特有的旗云欢迎我们的到来。圣山的旗云变化莫测，千姿百态。忽如旗帜飘舞，又如海浪涌动，连绵起伏，令人神往。

要登上 8000 多米的世界之巅，并不是一口气直线攀登，而是在完成“适应一拉练一再适应一继续拉练”等一系列准备工作后，才能在合适的天气选择冲顶。接下来的训练至关重要，它能让身体逐步适应高海拔，也为接下来的攀登打下坚实基础。

5 月 2 日，从海拔 5200 米到 5600 米，往返 16 公里，因为日常训练不系统，开始怀疑自己能否坚持下来。经过无数次的心理建设，终于完成训练。3 日，大家在珠峰大本营休整、调节身体状态。非常有意义的是，今年成功登顶珠峰的英雄们很多是 2020 年初和我一起在岗什卡雪峰训练的队友。大家非常亲切地相拥。

4 日，继续进行高强度训练，从海拔 5200 米到 5800 米，单程 10 公里左右，一路上都是石砾路段。在爬升过程中，数次感觉心脏要冲破胸腔，与兄弟们一起面对缺氧、狂风、严寒，每向上走出一步，都是对不确定性的一次挑战。然而心里的光，已经在这个过程中点亮，像佛前的酥油灯永远燃烧。人生不就是这样吗？一路上都是沟沟坎坎，不停地走上走下，我们要做的就是在充满不确定性的生活中挑战、坚持，达到新的高度！

经过 7 个多小时的跋涉，终于到达珠峰 5800 米营地。就在面向雪山的石坡上扎营，帐篷底下是冰川。在小帐篷里，穿件衣服，系个鞋带，铺好睡袋，做每一个动作都要气喘吁吁半天。这时吃饭已经变成一个强迫自己必须完成的任务，不管什么滋味都必须吃饱，满足体能消耗的需要。入夜后，躺在海拔 5800 米的帐篷中，高反继续来袭，再加上强劲的罡风猛烈拍打着篷布，一刻不停地发出巨大

冰壁训练攀冰

的噪声，比起去年头疼欲裂还是好一些，总算能断断续续地睡着一会儿。

5 日，到 6000 米适应高海拔。原以为爬升 200 米的强度还可以接受，但是没想到高海拔下的这项挑战如此艰辛！我们翻过湿滑险峻的冰脊，路过一望无垠的冰塔林，领略珠峰的艰险与美景，又在无数次筋疲力尽的边缘徘徊几个小时，终于抵达既定高度。由于前一天的长途跋涉体能消耗很大，我恢复起来没有那么快，今天的训练可以说已拼尽全力。不过大自然还是给予我们世界上最俊俏隽美的冰塔林和璀璨的星空作为犒赏。

6 日，从 5800 米营地返回大本营，心里依然忐忑，但我知道这是让自己的身心真正进入良好的攀登状态，是登顶成功的必经之路。从 5800 米到大本营这段被山友称为“小麻辣烫”的乱石嶙峋之路，不是简单的从上向下走，而是要翻越一个又一个的小山头，波浪前行。陪伴一路的是气喘吁吁、大口倒气、腰酸背痛、四肢无力，但是你知道目标在哪里，如若想去实现它，遇到的一切困难都不足以动摇这个信念。有梦想的人生，才是精彩的人生。

在这段路程中感悟颇多，目标在遥远的前方，如果不断抬头远望，却忽视脚下的路，那么会跌得很惨。我不仅要看好即将迈出的第一步，还要精准地选择好下两步的落脚点，避开有冰凌的石块。在寻找道路的过程中，会发现碎石虽然硌脚，但是很稳妥，反而是不大不小的石块不堪重负，由于与地面接触面小，容易晃动使人失足。这和企业管理很相似，稳定的中层很重要。

一路看到雪鸡、野兔等动物悠闲地散步玩耍，小草在冰雪中也开始泛绿。珠峰的气候虽然反复无常，一会儿烈日当空，一会儿狂风大作、雪花纷飞，但还是把它最自然、原始的状态呈现给我们，这迥然不同的景象，美到极致，触目可及，感受到与都市水泥森林、灯红酒绿的巨大反差！在这里，微风洗去我复杂的心思，透云穿过的阳光净化着我的心灵，这是大自然的馈赠！

在无休无尽的向前跋涉中，终于看到大本营的帐篷，感觉就像回到人间。今天是在珠峰大本营的最后一晚，晚上先是狂风肆虐，鼓动着帆布嘶嘶作响，似乎要把帐篷掀翻，继而惊喜来临——流星雨浪漫袭来。此刻，在珠峰大本营，仰望星空，目睹流星划过天际，看着密集的星云升起，十分震撼心灵！希望此次卓奥友之行，历经风雪，终会抵达。

7 是我的吉利数！在 7 日这个吉利的日子，从大本营下到海拔 4000 多米的定日岗嘎村，大家在这里洗去了一周多的尘埃，晚上的手抓羊肉和烤鱼让我们大快朵颐。回到酒店温暖的房间，感到玻璃在颤动，外面又刮起了凛冽的寒风，但比起大本营帐篷外的还是有天壤之别。短暂的舒适后，明天就将挺进海拔 5800 米的卓奥友前进营地，这是未来日子里海拔最低的地方了，更严峻的挑战即将到来！我知道这只是开始，更艰难的还在后面，道阻且长，行则将至……

8 日中午，出发去卓峰。到达卓峰车停下来后，意外发生了。从停车位置到海拔 5800 米的前进营地，要徒步攀登近 2 个小时，而我的面巾、手杖、手套都放在驼包里由牦牛背上营地了。一边走一边忍受着寒风裹挟着打在脸上的冰粒，在这样的大风中攀爬，呼吸的节奏也被打乱，腿像灌铅一样，这就是“大意”的代价！ 9日开始2小时的爬升拉练，行进中总盼着休息，但休息越多，再攀爬就越累，而且休息一会儿，硬朗的山风就把身上的几层衣服吹透，渐渐就有失温的感觉，逼着我赶紧上路。

10日穿高山靴去冰壁训练攀冰，高山靴与徒步鞋有很大差别，为了高海拔下不易冻伤，防止走没有道路的山石路崴脚，设计了内外双夹层鞋，外层皮革构成坚硬外壳，鞋的高帮要裹住小腿肚子，并易于穿脱；里层呢绒略微柔软，要包住脚踝和胫骨；最里层还有个羊毛厚弹力脚套。将袜子、脚套、里层、外层穿好，再把锁紧装置控制到位，一系列操作后呼吸已经急促了。今天穿着高山靴往返6小时，穿上全套攀冰装备上下冰壁两次，回到前进营地后，体力几乎消耗尽，浑身都被汗湿透了！晚上食不知味，夜不能寐，完成一次攀登不易，对体力、毅力是极大的挑战！

期盼已久的日照金山出现了。白天的卓奥友阳光明媚、白雪皑皑，夜晚由于高原空气稀薄，可以看到它在璀璨星河下熠熠生辉，雄伟的卓奥友披着金灿灿的晚霞一览无余地展现在我们面前，送来吉祥与美好！卓奥友不断变换着色彩，雪白—淡黄—金黄—粉红，随着那一抹粉红从峰顶退却，漫天的彩霞铺展开，映得大家的脸也亮闪闪的。当最后一缕彩色消失殆尽，暮色中的卓奥友更显出一种岩石般的凝重和静谧，美得令人沉醉！日照金山就停留那么短暂的几分钟，当一抹粉红呈现在峰顶时，我不禁感慨自然的造化，一座如金子锻就的巍峨山峰刹那间又透出一种少女的柔美。在漫天彩霞映照山峰的那一瞬，我彻底领悟到自己不远千万里为之魂牵梦萦的目的。山之美，让人虽死无憾！忽地，从梦中苏醒过来。明天还有一次大拉练，步行到卓奥友的“小麻辣烫”，这是最后一次训练了，必须扛下来。

11 日进行强度最大的一次拉练，一直走到卓奥友的“小麻辣烫”，并攀登上去。累是必然的，但我知道这是专业训练，让身体、心理都达到极限，才能做好冲顶的准备！这些训练走的路就是我们攀登卓奥友的必经之路，全部由大大小小的石头以及石头下面的冰川、融水组成，稍不留神就会踩翻石头或摔跤。冲上“小麻辣烫”

当冰塔林由远及近呈现在面前时，才体会到什么是大自然铸造的最美童话

后，虽然腰酸腿疼，但比自己的预期好很多，对能否冲顶成功已经有了初步的判断！回到大本营，感觉浑身力气仿佛都被抽光，可是整个人却充盈着满足与喜悦。这是一种很矛盾的感受：身体无比疲惫，精神却十分欢腾，在不断攀登的过程中，意志又磨出了一层茧，变得更坚韧、更乐观，这可能就是攀登的魅力所在。

四、煨桑仪式：登顶正式开始

12 日上午 10 点，卓奥友峰在蓝天白云的衬托下，巍峨挺拔，轮廓清晰，线条分明，煨桑仪式正式开始。有资质的喇嘛领诵经书，在山石堆砌成的香炉内点火，放入酥油茶和松柏枝，围着香炉摆放各种酥油花、佛珠、食物，为所有队员和登山装备进行祈福和开光。在每一轮诵经收尾阶段，大家纷纷把手中的米粒抛向天空，一只只不怕人的鸟儿也参与到仪式中，在塔尖、旌旗杆上、香炉祭品旁轻盈地跳来跳去。上半场诵经结束，协作把仪式上供奉的食物与酒拿给大家分享，我拈起一块糌粑放入嘴中，很甜美。下半场诵经又持续了很长时间。最终，仪式在三遍锅庄舞后结束了。此刻，在香火缭绕和阳光普照下，感觉自己汲取了很大力量。

接着是大家关心的第二项议程，登山队领导旺青宣布为每个人配备的协作。旺总把十五次登顶珠峰、在登山圈鼎鼎有名的队长巴塔分配给我。他个头很高，人很精瘦，有一张不同于其他夏尔巴人的线条瘦削的脸。就在昨天，巴塔还带队勘测并修路绳到卓峰 C2 营地，当晚就返回前进营地。实力之强，不可小觑。

13 日清晨，在山鸡的咕咕叫声中醒来，几只小动物就在我的帐篷四周觅食，也许是我的呼噜声在和它们戏耍。此刻，临战的身心达到最好状态！上午 11 点，在协作的帮助下，所有队员领取氧气面罩、气瓶和三天的路餐。下午在帐篷中休息，回想十几天的帐篷生活，不能洗澡，每天都吃着类似的餐食，很多时候会心生厌倦，想赶快逃离这种日子，但是一想到《高山下的花环》中的猫耳洞，想

当地人搭起玛尼堆，挂上经幡

到那些为国战斗的年轻人，浑身湿透没有干衣，皮肤溃烂，饥一顿饱一顿，吃的和我们有天壤之别，而且一待就是数十天，他们为什么在坚守？我又为什么坚持？我想，攀登的意义不仅仅是登顶，更多的是感悟攀登的意义以及享受向上的过程。企业也是如此，企业的价值不仅仅在于所取得的业绩，更在于它带给社会的价值。

14 日出发冲顶，离目标越来越近了！对于每个登山者来说，冲顶机会只有一次，攀登中的任何一个小细节都事关生死。

五、成功登顶世界第六高峰

5 月 14 日，盼来了“窗口期”，我们开始出发登顶，一路上，狂风夹杂着冰晶呼啸而过，每走一步都能够感到彻骨的寒冷，为了

穿越乱石嶙峋之路

保证接下来有足够的体能，我每天坚持吃东西、逼着自己睡觉，但高海拔带来的高反、帐篷外呼啸的狂风、远处冰川的崩塌声，都让我无法真正入睡。每次一抬头都能看到仿佛近在咫尺的卓奥友峰顶，便瞬间燃起斗志与希望。

越冰川，攀绝壁，览尽珠峰日月浮。风一程，雪一程，俯瞰群山竞自由。终于，5月16日10点，记录下这一刻，我们成功登顶，坐标卓奥友峰8201米。

有人说，如果你想绚烂地死去，那么就去登顶一座高峰。当我站在这里，才真正领悟到世间的努力没有任何捷径可走。唯有不断地翻山越岭，涉险过河，一步一个脚印，花更大的力气去下苦功，才可能绚烂地活着。

一个人的一生，有多少次机会可以来到这片土地；一个人的一生，又有多少次机会能够登上世界第六高峰。感谢您接纳了我，感谢祖国，感谢圣山公司、感谢给我心脏治疗的医生和所有关心的朋友们，给予我彪悍和不断进取的人生体验！

下山之后，凡人仍是凡人，只不过，多了一颗永不畏惧的心，属于我人生的攀登之路还很长……在攀登人生这座高峰的过程中，我们不可能一蹴而就，也会面临一次次挫折、一级级考验，但只要有勇往直前的决心，最终必会抵达高峰之巅。

图书在版编目（CIP）数据

悠然意远，至浓至淡 / 安之著 . -- 深圳 : 深圳出版社，2023.2

ISBN 978-7-5507-3765-5

Ⅰ . ①悠… Ⅱ . ①安… Ⅲ . ①摄影集－中国－现代 Ⅳ . ① J421.8

中国国家版本馆 CIP 数据核字 (2023) 第 035796 号

悠然意远，至浓至淡

YOURAN YIYUAN, ZHINONG ZHIDAN

出 品 人　聂雄前
责任编辑　梁　萍
责任校对　万妮霞
责任技编　梁立新
装帧设计　知行格致

出版发行　深圳出版社
地　　址　深圳市彩田南路海天综合大厦（518033）
网　　址　www.htph.com.cn
订购电话　0755-83460239（邮购、团购）
设计制作　深圳市知行格致文化传播有限公司
印　　刷　雅昌文化（集团）有限公司
开　　本　889mm×1194mm　1/32
印　　张　6.25
字　　数　300 千字
版　　次　2023 年 2 月第 1 版
印　　次　2023 年 2 月第 1 次
印　　数　1—1000 册
定　　价　68.00 元